나는 멋지고 아름답다

푸르메재단은 장애인 누구나 최선의 재활치료를 받고 온전한 사회적 자립을 꿈꿀 수 있는 아름다운 세상을 만들어갑니다. 무엇보다 환자 중심의 대안적 재활전문병원과 장애인복지관 건립을 목표로 시민과 기업, 자치단체의 힘을 모으는 데 주력하고 있습니다. 아울러 민간 최초의 장애인 전용치과인 푸르메나눔치과와 저소득층 장애 어린이를 위한 푸르메한방재활센터를 운영하며 의료 사각지대에 따스한 햇살을 비추고 있습니다. www.purme.org 후원문의 02-720-7002

푸르메책꽂이는 2009년 9월 증권전문가 최중석 님의 후원금을 씨앗 삼아 조성된 〈최중석출판기금〉에 힘입어 발간됩니다. 최중석 님은 첫 기부 이후에도 매달 일정액을 출연하여 장애인을 위한 좋은 책을 만드는 데 힘을 보태고 있습니다. 푸르메재단과 도서출판 부키는 이 소중한 기금으로 장애인과 그 가족에게 꼭 필요한 책, 모두에게 감동과 희망을 선사하는 따뜻한 책을 꾸준히 펴내겠습니다. 아름다운 뜻이 담긴 〈최중석출판기금〉을 키워가는 데 동참해 주십시오.

나는 멋지고 아름답다

2010년 1월 22일 초판 1쇄 발행
2021년 9월 1일 초판 6쇄 발행

지은이 이승복 · 김세진 · 이상묵 외

펴낸곳 부키(주)
펴낸이 박윤우
등록일 2012년 9월 27일 등록번호 제312-2012-000045호
주소 03875 서울 서대문구 신촌로3길 15 산성빌딩 6층
전화 02) 325-0846
팩스 02) 3141-4066
홈페이지 www.bookie.co.kr
이메일 webmaster@bookie.co.k
제작대행 올인피앤비 bobys1@nate.com
ISBN 978-89-6051-064-7 03810

1
푸르메
책꽂이

나는 멋지고 아름답다

이승복 · 김세진 · 이상묵 외 지음

장애를 이겨낸 24인의 아름다운 이야기

부·키

이 땅의 수많은 '지선 씨'에게 박수를

지난해 11월 미국 뉴욕 한복판에서 저는 눈물을 흘렸습니다.

당시 저는 뉴욕시민마라톤의 결승점인 맨해튼 센트럴파크 입구에서 초조하게 한 사람을 기다리고 있었습니다. 그 사람은 바로 화상 장애에 굴하지 않고 생애 처음으로 마라톤에 도전한 이지선 씨였습니다. 대회가 시작된 지 4시간이 지나면서 참가자 대부분이 들어왔지만 이지선 씨는 보이지 않았습니다. 오후 5시가 지나자 뉴욕의 도심공원은 한밤중처럼 컴컴해졌습니다. 걸어서라도 완주하겠다던 지선 씨는 중도에 포기했는지, 아니면 아직 뉴욕의 어두운 골목을 혼자 달리고 있는지……. 출발 후 7시간이 지나자 결승점에서 꼴찌들에게 갈채를 보내던 관객들도 하나둘 자리를 떠나기 시작했습니다. 그때 텅 빈 결승점을 향해 달려

오는 작은 사람이 보였습니다. 바로 이지선 씨였습니다.

도저히 뛰지 못하면 지하철이라도 타고 오겠다고 교통카드를 쥐고 출발한 그녀였습니다. 기다시피 겨우 들어올 거라고 예상했는데 지선 씨의 표정이 얼마나 밝던지요. 그녀는 환한 미소를 지으며 결승점을 통과했습니다. 그때 갑자기 제 눈에서 눈물이 흘렀습니다. 42.195킬로미터라는 먼 길을 포기하지 않고 달려온 사람이 지선 씨가 아니라 저인 듯 감격했습니다. 그리고 앞으로 어떤 어려움과 고통이 오더라도 지선 씨는 인생이라는 마라톤을 완주하리라고 믿게 됐습니다. 그녀는 현재 컬럼비아 대학원에서 사회복지학 박사 과정을 밟고 있습니다. 공부를 마치고 귀국해 선진국의 장애인 정책을 우리 사회에 접목하는 것이 그녀의 작은 소망입니다.

뒤돌아보면 이 땅에는 수많은 지선 씨가 있습니다. 선천적으로, 혹은 어느 날 갑자기 닥친 불행으로 장애를 가졌지만 자기 분야에서 우뚝 선 사람들입니다. 이들을 만나 살아온 이야기와 앞으로 살아갈 계획을 듣는 것은 큰 감동이었습니다. 제 자신이 부끄러웠고 더 열심히 살아야겠다고 다짐했습니다.

국제수영대회에 나가기 위해 새벽부터 물살을 가르고 있을 세진이, 여성 중증 장애인들의 생활을 꾸리기 위해 휠체어에 누운 채 사람들을 만나고 계실 윤석인 수녀님, 하반신 마비 장애에도 미 존스홉킨스 대학 병원 재활의학과 의사가 돼서 미국 장애 환자들에게 희망을 전하는 이승복 박사, 전동휠체어에 의지한 채 강단에 오른 서울대 이상묵 교수, 사막과 남극 등 극한 마라톤 대회를 모두 완주한 시각장애인 마라토너 송경태 씨. 이 모든 분들이 우리 시대의 영웅입니다.

이분들이 살아가는 이야기는 희망이 없는 시대에 그래도 세상은 살 만하고 아름답다는 것을 깨닫게 해 줍니다. 인터넷 한겨레신문에 연재된 이분들의 글을 읽고 눈물이 났다는 한 독자는 "장애가 남보다 조금 불편한 것일 수는 있어도 그 사람의 가치까지 낮출 수는 없음을 깨달았다."고 장문의 편지를 보내왔습니다. 다른 독자는 "마음속에 사랑과 관심이 있다면 아무리 큰 고난도 극복할 수 있다는 생각이 들었다."면서 감사의 뜻을 전했습니다.

시련은 누구에게나 찾아옵니다. 하지만 '장애'의 시련을 이겨내는 일은 누구나 할 수 있는 것은 아닙니다. 장애인이 자신의 장애와 남들의 편견을 이겨내는 과정은 고통스럽습니다. 그래서 이런 분들의 삶이 아름답고 더 빛이 나는지 모릅니다. 우리는 이분들의 삶을 통해 희망과 용기를 얻게 됩니다.

모든 장애인이 사회적으로 우뚝 설 수는 없습니다. 하지만 지금도 남

모르게 자기 길을 묵묵히 가는 장애인들이 많습니다. 이분들은 자신이 가진 장애와 사회적 편견에 맞서 싸우고 있습니다. 저에게는 한 분 한 분이 이 땅에 우뚝 선 사람들로 보입니다. 장애를 이겨 내고 보다 나은 내일을 위해 노력하는 이 땅의 장애인들에게 뜨거운 박수를 보냅니다.

푸르메재단 상임이사 백경학

차례

1
희망은
당신 안에
있다

재활병원의 '슈퍼맨' 의사

이승복

"선생님, 제가 체조를 다시 할 수 있을까요? 걸을 수 있을까요?"

나는 흥분해서 물었다.

"승복 씨! 당신은 남은 생애를 휠체어에서 보내야 합니다. 유감스럽게도 앞으로 체조는 물론이고, 혼자 걸을 수도, 일어설 수도 없습니다."

가슴 한복판에서 참을 수 없는 분노가 치밀어 올랐다. 나는 병원 회의실 탁자에 놓여 있던 쟁반을 집어 던졌다. 그 위에 놓여 있던 유리컵들이 요란한 소리를 내면서 깨졌고 파편이 사방으로 튀었다. 회의를 하던 재활의학과 의사들이 깜짝 놀라 벽 쪽으로 피했다.

체조를 할 수 없다는 말은 사형선고나 마찬가지였다. 당시 열여덟 살이던 내게 체조는 삶의 전부였다. 태극 마크를 달고 1988년 서울 올림픽에 출전해 금메달을 목에 거는 것이 꿈이었다. 그런데 이제 체조는 물론 혼자 걸을 수도, 일어설 수도 없다니……. 너무 가혹한 형벌이었다.

산산이 부서진 올림픽 금메달의 꿈

1983년 7월 4일, 미국의 독립기념일이던 그날은 평생 잊을 수 없을 것이다. 지금도 기억에 생생하다. 집에 잠깐 들른 나는 4시간 거리에 있는 체조 연습장으로 가려고 짐을 쌌다. 이틀 뒤인 6일이 나의 열여덟 번째 생일이어서 가족 모두 내가 집에 있기를 바랐지만 나는 뿌리치고 일어났다.

그런 나에게 아버지는 "미역국도 먹지 않고 운동이냐?"고 한마디 하셨다. 아버지는 내가 열심히 공부해 전문직에서 일하기를 바랐다. 그러나 나는 체조 선수의 길을 걷고 싶어서 3년 전부터 집을 떠나 합숙 훈련을 하고 있었다. 그래서 아버지는 나를 볼 때면 늘 못마땅한 얼굴이셨다.

서울에서 약사로 일하던 아버지는 더 나은 삶을 찾아 가족을 이끌고 1973년 미국 뉴욕으로 이민을 왔다. 하지만 기대와 달리 우리가 맞닥뜨린 것은 벗어날 수 없는 가난이었다. 한국에서 엘리트였던 아버지는 불과 몇 년 만에 일용직 노동자로 전락했고, 어머니도 일에 지쳐 집에 오면 말할 기운조차 없어 보였다. 나는 나대로 두 동생을 챙겨야 해서 소년 가장이나 마찬가지였다. 부모님은 하루 20시간을 일했지만 가난에서 헤어날 수 없었다. 그래서 아버지는 장남인 내가 변호사나 의사가 되어 집안을 일으켜 주기를 기대했다. 하지만 나는 체조 선수로 성공하고 싶었다. 이런 이유 때문에 아버지는 나에게 냉정했다.

나는 우연히 동네 YMCA에 갔다가 어깨 너머로 체조를 배우기 시작했다. 어릴 때부터 몸이 유연했는데 체조에도 재능이 있었다. 운동을 시작한 지 불과 4년 만에 미국 체조 챔피언대회와 전미 체조대회에 출전해 마루와 도마에서 1등과 2등을 차지할 정도로 두각을 나타냈다. 열일곱 살 때는 미국 올림픽 예비 선수로 선정되어 미시간대, UCLA, 스탠퍼드대, 웨스트포인트 등 많은 대학의 스카우트 제의를 받았다. 나의 미래는 푸른 하늘처럼 맑았다. 1988년 서울 올림픽에 한국 대표로 출전해 금메달을 따겠다는 꿈은 곧 이루어질 것처럼 보였다.

사고를 당하기 전 나는 촉망받는 체조 선수로
1988년 서울 올림픽에 나가 금메달을 따는 것이 꿈이었다.

하지만 열여덟 번째 생일을 이틀 앞둔 그날, 아버지가 한 말이 송곳처럼 내 가슴을 찔렀다. 속상한 마음으로 체육관에 도착했는데 이번에는 코치가 잔뜩 화난 표정을 짓고 있었다. 훈련 시간에 늦었기 때문이었다. 아버지의 질타에, 미국 코치의 싸늘한 눈빛까지……. 정말 견딜 수가 없었다.

갑자기 두 사람에게 그동안 피나게 연습해서 쌓은 나의 실력을 보여 주고 싶었다. 누가 말릴 틈도 없이 나는 마루 한복판으로 달려갔다. 공중에서 한 바퀴와 3/4 회전을 하는 고난도 기술 '살토'를 펼쳐 보이기 위해서였다. 몸이 하늘로 솟구쳤다. 나는 '아버지! 코치님! 나를 봐 주세요.' 하고 속으로 외쳤다.

잠시 후 '쿵' 하는 소리가 내 귀에도 들린 것 같았다. 하지만 몸을 움직일 수 없었다. 일어서려고 버둥거렸지만 눈만 깜박여졌다. 나중에 의사에게 들은 바로는 너무 빨리 떨어지면서 턱이 마룻바닥에 부딪쳐 일곱 번째와 여덟 번째 척수 사이의 신경조직이 끊어졌기 때문이었다. 꿈이 산산조각 나는 순간이었다.

장애를 인정하자 삶의 의미가 돌아왔다

가까운 병원에서 응급치료를 받은 뒤 나는 뉴욕대 병원으로 옮겨

석 달 동안 꼼짝 못 하고 침대에 누워 있었다. 참 길고 긴 시간이었다. 그 석 달은 내가 살아온 열여덟 해보다 더 길게 느껴졌다. 모든 희망이 사라지고 내 안에 남은 건 분노뿐이었다. 자리에서 일어나 굳은 손가락을 움직이는 재활 훈련을 받았다. 올림픽에 나가려면 지금 피나는 연습을 해도 부족한 상황인데……. 병원 한구석에 내던져진 느낌이었다.

기력을 조금씩 회복하자 나는 미친 듯이 휠체어를 굴려 병원 곳곳을 돌아다녔다. 낯선 미국에서 체조가 어린 시절 내 삶의 탈출구였듯이, 이제는 휠체어를 타는 것이 탈출구였다. 움직이지 못하면 죽을 것 같이 답답했다. 부모님은 여전히 생계를 꾸리느라 바빴고 두 동생들은 공부에 여념이 없었다. 병원에서 나는 늘 혼자였다.

휠체어조차 없었다면 미쳤을지도 모른다. 휠체어를 타고 병원 구석구석 안 가 본 데가 없었다. 미로 같은 병원 복도 모서리를 돌면 새로운 세상이 펼쳐질 것 같았다. 나에게 휠체어는 또 하나의 체조였고, 휠체어를 통해 만나는 세상은 나를 늘 설레게 했던 철봉과 마루 경기와 같았다. 살아 있는 신경마저 뻣뻣하게 굳어질까 봐 나는 움직이고 또 움직였다. 온종일 재활치료에 매달렸다.

사고가 난 지 1년 만에 비로소 나는 '가슴 아래가 마비되고 손가락 신경이 자유롭지 못한' 중증 장애인의 삶을 받아들이기로 결심했다. 그날 참 많이 울었다. 그런데 참 이상했다. 현실을 받아들이기로 결심한 순간부터 그렇게 마음이 평온할 수가 없었다. 어릴 때 가졌던 기독교 신앙도 이때부터 독실해져서 처음으로 마음에서 우러나는 기도가 나왔다.

사람들은 나를 칭찬했다. 그때 나는 정말 칭찬이 필요했다. 혼자 걷지도, 일어서지도 못하는 내게 의사와 치료사들의 칭찬은 마음의 위안이었고, 삶을 지탱해 주는 밥이자 생명이었다. 나는 비록 육신은 일어설 수 없지만 또 다른 꿈을 향해 일어서겠다고 결심했다.

고통스러운 병원 생활 중 기억에 남는 사람이 있다. '애니'라는 간호조무사이다. 나는 매일 애니의 도움을 받아 식사를 했다. 그런데 어느 날 그녀가 더 이상 밥을 먹여 주지 않겠다고 했다. 앞으로는 스스로 밥을 먹으라는 것이었다. 나는 마치 세상에 내동댕이쳐지는 듯했다. 화도 내고, 도와달라고 애원도 했지만 애니는 다시는 내게 음식을 먹여 주지 않았다. 혼자 살아가는 방법을 가르친 것이다. 눈물을 흘리며 연습한 끝에 나는 기적처럼 흘리지 않고 혼자 밥을 먹게 되었다.

병원에서 공부도 하게 됐다. 미국 병원에는 나처럼 학교에 못 가는 환자들을 위한 교육 프로그램이 있었다. 내가 있던 뉴욕대 병원에도 교사 네 명이 문학과 수학, 역사 등을 가르쳤는데 그중 영문학을 가르치는 '엘리스'라는 할머니가 나를 찾아왔다. 엘리스 선생님과 나는 함께 영미 문학 작품을 읽으면서 많은 시간을 보냈다. 어느 날 선생님은 나에게 대학 진학시험(SAT)을 준비하라고 제안했다.

대학 입시 공부는 쉽지 않았다. 포기하고 싶었다. 같은 자세로 오래 앉아 있으면 허리가 끊어질 듯 아팠다. 그때 우연히 뉴욕대 재활병원을 세운 하워드 러스크 박사의 자서전 『돌봐야 할 세상(A World to Care for)』을 읽게 됐다. 눈이 번쩍 뜨였다. 무엇을 공부할지 고민하던 나에게 의학은 어둠을 밝히는 횃불과 같았다. 나와 비슷한 처지에 있는 사람들을 도울 수 있다면 체조에서 올림픽 금메달을 따는 것이나 마찬가지로 값진 일이라는 생각이 들었다.

제2의 올림픽 무대, 재활의학

1년 만에 퇴원한 나는 온종일 공부에 매달렸다. 의대 입시 준비를 방해하는 것은 바로 내 몸이었다. 허리가 아파서 고통스러울 때면 공부하다가 죽으리라 다짐했다. 5개월을 준비했는데 정말 기적처럼 뉴욕대에 입학했다. 뉴욕대를 졸업한 뒤에는 컬럼비아대에서 공중보건학 석사 학위를 받았다.

컬럼비아대를 졸업하면서 나는 30여 개 의과대학에 입학 원서를 보냈다. 대학들이 과연 나 같은 중증 장애인을 받아줄지 걱정이었다. 면접을 잘 보는 수밖에 없었다. 넉 달 동안 컬럼비아대 의대 교수와 친구들을 찾아다니며 면접 연습을 했다. 내가 왜 의대에 들어가려 하는지, 얼마나 열정적으로 공부할 수 있는지 대답과 표정까지 연습했다.

사고가 난 지 10년 만인 1993년 4월, 마침내 다트머스 의대의 합격 통지서를 받았다. 나는 눈물을 뚝뚝 흘리며 '이제부터 다시 시작이야. 나는 의사가 되는 거야.' 하고 다짐했다.

의대에서 공부를 하면서는 죽고 싶을 정도로 스트레스를 많이 받았다. 한 달 동안 읽어야 할 책이 내 키만큼 쌓였다. 호박에다 정맥 주사 놓는 연습을 하다 보면 새벽이 밝아 오곤 했다. 그 과정을 거쳐 나는 다트머스 의대와 하버드 의대 인턴 과정을 수석으로 졸업했다. 그리고 지금은 세계 최고인 존스홉킨스대 병원에서 재활의학 수석 전문의로 근무하고 있다.

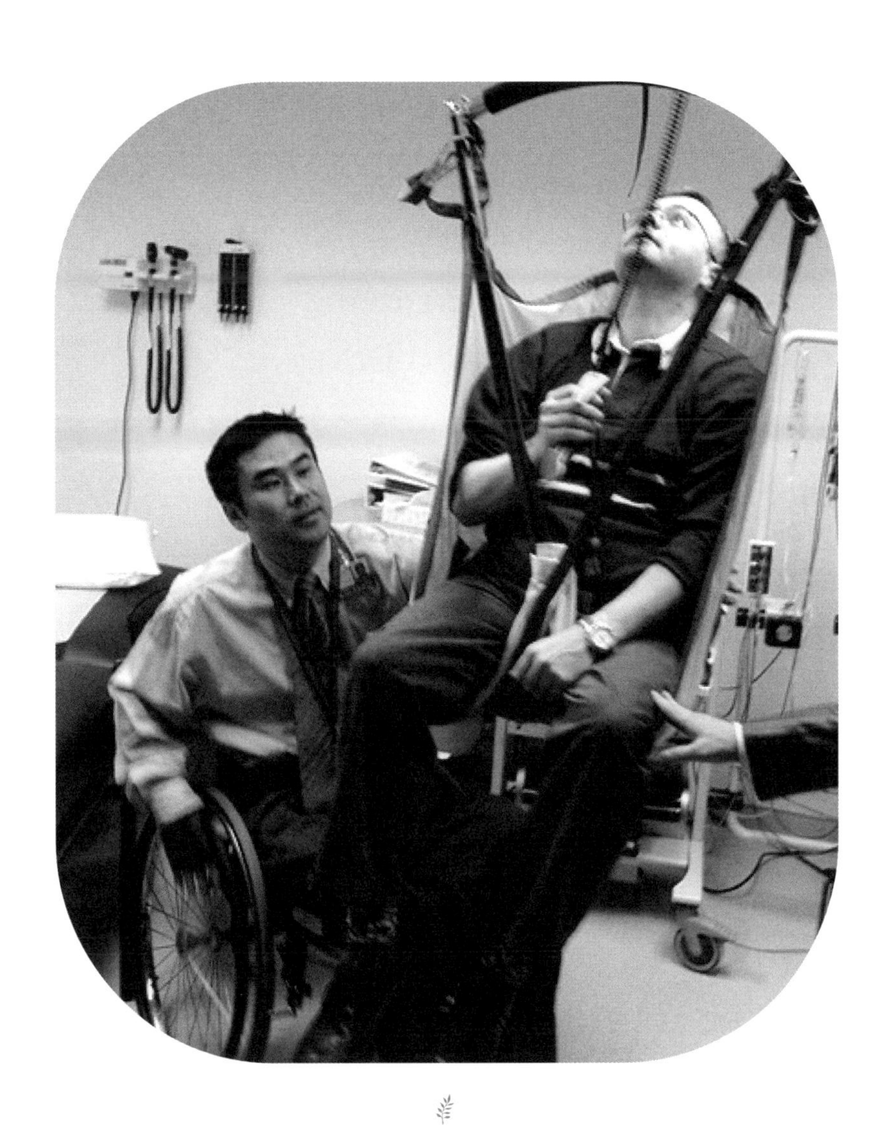

장애 덕분에 나와 같은 처지의 사람들을 도울 수 있게 되었다.

존스홉킨스 대학 병원의 '슈퍼맨 의사'

미국 동부 볼티모어에 있는 존스홉킨스대 병원에 들어서서 안내원에게 "슈퍼맨 의사가 어디 있느냐."고 물으면 내가 일하는 재활 병동으로 안내해 준다. 내가 영화 〈슈퍼맨〉의 주인공 크리스토퍼 리브처럼 척수 손상을 극복했기 때문에 사람들은 나를 '슈퍼맨 의사'라고 부른다.

척추 신경이 끊어지는 사고로 나는 가슴 아래가 마비된 중증 장애인이 됐지만 희망을 포기하지 않았고, 결국 꿈을 이루어 나와 같은 처지의 장애인들을 돌보는 의사가 됐다. 내 손가락 근육은 마비되어 도구를 이용해야 환자 차트를 쓸 수 있으며, 내가 타는 휠체어도 특수 제작한 것이다.

내 이야기가 한국 드라마를 통해 알려진 뒤 한국은 물론 해외에 있는 동포들에게서 편지와 전화가 끊이지 않는다. 주로 '장애 환자의 입장에서 진료를 해 달라.'는 격려와 '당신이 있어 행복하다.'는 감사 인사를 담고 있다. 『뉴욕 타임스』 등 미국 언론도 나를 '의지의 한국인'으로 소개했다.

나는 새벽 6시에 일과를 시작한다. 오전 8시에 출근해서 저녁 8시에 퇴근할 때까지 회진과 강의, 외래 진료, 환자 상담, 세미나 등으로 그야말로 1분 1초가 전쟁이다. 연구실과 회의실을 오가느라 점심과 저녁을 샌드위치로 때워야 하지만 나는 그런 생활이 좋다. 내가 살아 숨 쉬는 걸 느낄 수 있고, 돌봐야 할 환자가 있으니까.

내게 장애는 축복이었다

수많은 고통이 있었지만 내 희망을 꺾지는 못했다. 나에게 육신의 장애는 아무것도 아니다. '할 수 없다'는 마음의 장애가 더 무섭다. 나는 사고로 많은 것을 잃었다. 하지만 그 이상의 것을 얻었다. 사고가 나지 않았다면 나는 의사가 되지 못했을 것이다. 나에게 사고 전과 지금의 삶 중 하나를 고르라고 하면 장애인으로 살아가는 지금을 선택할 것이다. 현실을 받아들이기로 결심한 이후 나는 장애를 축복이라고 여긴다.

얼마 전 한국을 방문해서 이제는 서울에 살고 계신 부모님을 만났다. 내가 의대에 다니던 시절, 어머니는 직접 당신 엉덩이에 주사 놓는 연습을 하게 했다. 그때를 회상하며 어머니는 "살다 보니 이렇게 좋은 시절이 있구나." 하고 눈물을 흘리셨다.

절망한 채 병원에 실려 온 환자들은 나를 보면서 희망을 갖는다고 한다. 환자들 앞에서 씩씩하게 휠체어를 밀면서 장애를 갖고도 이렇게 잘 살 수 있음을 보여 주는 것이 내 사명이다. 나는 사람들에게 '멀쩡한' 팔을 놔두고 전동 휠체어에 편히 앉아서 살고 싶지 않다고 말한다. 자유롭지 않은 두 손이지만 앞으로도 내 힘으로 휠체어 바퀴를 굴리며 나의 길을 갈 것이다.

이승복 1965년 서울에서 태어나 아홉 살 때 미국으로 이민을 갔다. 1982년 국제 친선 주니어 체조대회 종합 3위, 전미 체조대회 마루와 도마에서 금메달을 따고 종합 3위를 차지하여 올림픽 미국 체조 대표팀의 예비 선수로 선발되었다. 하지만 연습 도중 사고로 척수가 손상되어 가슴 아래와 오른손이 마비되었다. 재활치료를 받은 뒤 뉴욕대에 입학해 문학을 전공했고, 컬럼비아대 보건대학원에서 공중보건학 석사 학위를 받았다. 2001년에 다트머스 의대를 수석으로 졸업하고 이듬해 하버드 의대 인턴 과정을 수석으로 마쳤다. 현재 존스홉킨스대 병원에서 재활의학 수석 전문의로 일하고 있다.

똑바로 서면
그림자는 흔들리지 않는다

김세진

이 글은 어머니 양정숙 씨가 아들 김세진 군을 대신해 썼습니다.

"엄마, 도저히 못 뛰겠어요."

"네가 결정해. 여기서 그만두면 앞으로 아무것도 네 힘으로 할 수 없어!"

눈물범벅이 된 얼굴로 한참을 서 있던 아이는 앞서 가는 엄마의 뒷모습을 힐끗 보고 다시 뛰기 시작했다. 단호한 그 한마디에 아이는 무엇을 느꼈을까? 아이는 뙤약볕 아래 고통을 참아 내며 마침내 결승선을 통과했다. 2005년, 여덟 살이던 세진이가 의족을 한 장애인으로는 세계 최연소로 10킬로미터 단축 마라톤을 완주하던 순간이다.

세진이는 다른 친구들보다 조금 더 불편한 몸으로 태어났지만 지금은 못하는 운동이 없는 의젓한 어린이로 자라 한국 장애인 수영계의 대들보라고 불린다.

입양 결심보다 힘겨웠던 '편견의 벽'

1998년 12월, 자원봉사를 하던 보육원에서 '울보' 세진이를 처음 만났다. 장난감을 움켜쥐고 물끄러미 나를 쳐다보는 세진이와 눈이 마주치는 순간 '내 아이구나.' 했다. 마치 운명처럼 다가온 아이. 세진이가 생후 18개월이 되었을 때 나는 입양을 결정했다. 1999년 8월 1일, 우리 가족은 조촐한 환영식을 열고 세진이를 식구로 받아들였다.

입양을 결심하는 것보다 더 힘든 것은 주변 사람들의 눈초리였다. 당시만 해도 입양에 대한 사회적 인식이 거의 없었다. 게다가 "장애아를 입양하다니 이해할 수 없는 일"이라고 수군거렸다.

법적인 입양 절차도 까다로웠다. 관청을 찾았더니 절차가 복잡하다면서 법무사에게 일을 맡기라고 했다. 그 비용이 300만 원이었다. 나는 수십 차례 담당자를 만나면서 혼자 서류를 준비했다. 공무원들은 기를 쓰고 장애아를 입양하려는 나를 이상한 눈빛으로 바라보았다. 보육원에서 붙인 이름을 바꾸는 데 또 몇 달이 걸렸다. 나라로부터 '세진이 엄마'로 인정받기까지 힘든 과정을 거치면서 나는 우리 사회의 높은 '편견의 벽'을 절감했다.

어렵사리 새 가정을 꾸민 우리 가족은 본격적으로 세진이의 재활에 나섰다. 먼저 무릎으로 걷는 것을 가르쳤다. 식구들 모두 무릎으로 기어 다니며 본을 보였다. 제대로 서기 위해서는 넘어지는 법도 배워야 했다. 일부러 세진이를 넘어뜨리면서 크게 다치지 않도록 훈련을 시켰다.

"돈 많으면 한번 걷게 해 보세요"

나는 세진이를 10년 넘게 키워 오면서 단 한 번도 후회한 적이 없다. 세진이의 누나 은아가 배 아파 나은 아이라면, 세진이는 가슴으로 낳은 아들이다. 하지만 언제까지 세진이가 나의 아들로만 살 수 있을까? 아들의 자립을 냉정한 마음으로 준비해야 했다.

세진이가 네 살 되던 해 의족을 채우려고 병원을 찾았다. 의사는 한마디로 잘라 말했다.

"돈 많아요? 이 아이는 못 걸어요. 평생 휠체어 타야 돼요."

"가능성이 전혀 없나요?"

"돈 많으면 한번 걷게 해 보세요."

나는 어린 세진이를 업고 병원을 나오면서 신발을 한 켤레 샀다. 그리고 다짐했다. 내 아들을 반드시 걷게 하겠다고, 걸을 뿐만 아니라 원하는 건 뭐든지 하게 해 주겠다고. 우리 모자는 전국 방방곡곡 병원을 찾아 헤맸다. 마침내 의족을 착용하게 해 보자는 의사를 만났다.

하지만 쉽지 않은 일이었다. 세진이 다리 모양 그대로는 의족을 사용할 수 없었다. 무릎 아래를 잘라내야 했다. 내 뼈를 갈아서라도 발과 다리를 만들어 주고 싶었다. 그 간절함으로 다섯 차례 수술을 진행했고, 세진이는 새 다리를 얻었다.

처음 착용한 의족은 무게가 3.5킬로그램이나 됐다. 당시 몸무게 13킬로그램이던 세진이가 감당하기엔 쉽지 않았다. 하지만 익숙해져야 했다. 그것만이 세상을 향한 도전의 열쇠가 된다는 것을 나는 알고 있었다.

의족을 하고 걷는 것도 만만치 않았다. 계단 오르내리기 연습을 하면서 우리 모자는 눈물로 젖은 뺨을 서로 얼마나 많이 비볐는지 모른다.

"세진이는 할 수 있어!"

엄마의 응원에 세진이는 힘을 얻었고, 마침내 새 다리로 걷기 시

의족을 한 세진이가 미국 로키산맥 만년설 위에 우뚝 섰다.
고통스러운 도전을 통해 세진이는 할 수 있다는 자신감을 키워 나갔다.

작했다. 희망의 싹을 틔운 것이다.

나는 아들이 당당하게 세상을 헤쳐 나가려면 집 안에만 머물러서는 안 된다고 생각했다. 스키와 승마, 댄스, 드럼 등 다양한 체험을 통해 아이의 시야를 넓혀 주었다. 무엇이든 할 수 있다는 자신감을 심어 주기 위해서였다.

고통스러운 도전도 마다하지 않았다. 세진이는 여덟 살 때 5킬로미터 마라톤을 완주했고, 아홉 살 때는 로키산맥 3,870미터 고지를 밟았다. 주위 사람들은 걱정했지만, 나는 사자가 새끼를 키우듯 세진이를 강하게 키웠다. 나약함은 자식에게 물려주는 최악의 유산이다. 그 덕에 세진이는 벌써 한국 장애인 수영계의 대표 주자로 우뚝 섰다. 더 높은 곳을 향한 도전의 발판을 마련한 것이다.

'장애인 수영의 박태환'이 될래요

세진이가 수영을 접한 것은 3년 전이다. 재활에 도움이 될 것 같아 시작했고, 처음에는 물장난 수준에 불과했다. 물에 들어갈 때는 의족을 벗는다. 짧은 다리와 불편한 손으로 물살을 가르는 게 쉬울 리 없었다. 선수가 될 것이라고는 생각지도 못했다. 그러나 아이는 소질을 보였다. 마치 물 만난 돌고래 같았다.

수영대회에서 힘차게 출발하는 세진이. 어느덧 국내 무대는 좁게 느껴진다.
2012년 패럴림픽에서 금메달을 따는 게 세진이의 꿈이다.

2006년 일본에서 열린 아태 장애인 수영대회 6위를 시작으로 2007년에는 독일 세계 장애인 수영 선수권대회 2위에 올랐다. 장애인 수영 50미터 종목에서 현재 38초대를 기록하는 선수는 세진이뿐이다.

형제라고는 누나 하나뿐인 세진이는 커 가면서 남자 형제가 그립다. 지난 2008년 베이징 패럴림픽 때 현지에서 박태환 선수의 활약을 지켜보며 마음속으로 형을 삼았다. 세진이의 꿈은 '장애인 수영의 박태환'이 되는 것. 2012년 런던 패럴림픽 때 그 소원을 풀겠다고 각오를 다지고 있다.

무거웠던 세진이의 의족은 최근 티타늄 소재의 첨단 제품으로 바뀌었다. 그 모습이 화제가 되어 한국의 '애덤 킹'으로도 불린다. 그러나 그 뒤편에는 남모를 고통이 있다. 만만치 않은 비용 탓이다. 석 달에 한 번 무릎과 의족을 연결하는 소켓을 갈아야 하고 1년에 한 번 의족 전체를 바꿔야 한다. 각종 부품과 소독약품 값까지 합하면 매년 들어가는 돈이 4천만 원이 넘는다. 의류매장을 운영했던 나는 밤에는 대리운전, 새벽에는 세차장 일까지 하면서 아들 뒷바라지를 해 왔다. 엄마의 빈자리는 큰딸 은아가 대신했다. 어린 세진이를 업고 학교에 데려다 주기도 한 은아는 어려운 집안 형편을 생각했는지 검정고시로 일찍 학업을 마치고 현재 여군 입대를 준비하고 있다.

남들보다 더디지만, 포기하지 않으면 꿈을 이룰 수 있다. 초등학생 세진이는 그 사실을 잘 알고 있다.

김세진 1997년에 태어나 대전의 한 보육원에 맡겨졌고, 1998년 12월 어머니 양정숙 씨를 만나 헤어지지 않아도 되는 가족이 생겼다. 2005년 로키산맥 최고봉 러브랜드 패스(3,870미터) 등정에 성공했다. 같은 해 테리폭스 마라톤대회 5킬로미터를 완주했으며, 의족을 한 장애인으로는 세계 최연소로 10킬로미터 단축 마라톤을 완주했다. 2006년 일본 아태 장애인 수영 선수권대회에서 6위를 차지했고, 같은 해 독일 장애인 수영 선수권대회에서는 2위를 차지했다. 현재 2012년 런던 장애인올림픽 금메달을 목표로 땀을 흘리고 있다.

'한국의 스티븐 호킹'이 꿈꾸는 세상

●

이상묵

지질 조사를 위해 서울대학교 석·박사 과정 학생들과 함께 찾은 미국 캘리포니아 사막. 그 한복판에서 야영을 한 지 9일째였다. 신기하게도 그전에는 보이지 않던 불빛 하나가 유난히 저 멀리서 반짝였다. 그 지역 유일의 메디컬 센터 컨(Kern)이었다. 바로 다음 날 오전 내가 헬리콥터를 타고 그곳 옥상에 내릴 줄 누가 알았을까?

2006년 7월 2일, 캘리포니아 사막 비포장도로에서 내가 몰던 자동차가 갑자기 뒤집혔다. 차량 지붕이 나의 목을 짓눌렀다. 호흡이 끊겼다. 동행한 외국 학생이 심폐소생술을 시행했다. 곧 도착한 헬리콥터가 메디컬 센터 옥상에 나를 내려놓았다. 이 모두가 불과 40분 사이에 벌어진 일들이었다.

'운명의' 캘리포니아 지질 조사 때의 모습.
이 사진을 찍고 바로 이틀 뒤에 내 인생을 바꿀 사고가 일어나리라고는 꿈에도 생각지 못했다.

수술을 받고 3일이 지나서야 깨어났다. 왜 자동차가 전복했는지, 사고 순간에 대한 기억은 없었다. 단지 긴 여행을 다녀온 기분이었다. 의식을 잃은 동안 정말 생생한 꿈을 꾸었다. 몸이 가벼워지면서 떠오르는 꿈. 가톨릭의 고해성사처럼 내 인생을 돌아보는 꿈이었다. 꿈은 세 편으로 이어지는데 그 끝은 내가 죽는 것이었다. 그런데 그게 끝이 아니었다. 난 결국 다시 살아났으니까.

꿈속에서 경험한 죽음은 무섭거나 두렵지 않았다. 죽었고, 그리고 다시 살아났다. 누구라도 붙잡고 꿈에서 경험한 것을 이야기하고 싶었다. 그런데 목소리가 나오지 않았다. 기도에 꽂힌 튜브 탓이었다. 그런 상태에서 말을 하려니 이상한 소리가 흘러나왔다. 어머니의 울음소리가 들렸다. 어머니는 한국에 있는 아버지에게 전화를 하시면서, "상묵이 머리가 온전하지 않은 것 같다, 이상한 소릴 자꾸 한다."며 우셨다.

중환자실에 있는 동안 나는 내가 어떤 상태인지 전혀 알지 못했다. 의료진 모두 나에게 "당신처럼 이렇게 회복 속도가 빠른 사람은 없다.", "수술이 정말 잘 됐다."며 긍정적인 이야기만 들려줘서 금방이라도 자리에서 일어날 줄 알았다.

"야! 하늘! 이거 내 각본 맞아?"

남캘리포니아 대학(USC) 병원으로 옮겨 정밀 검사에 들어갔다. 그곳에는 신경외과 권위자가 있었다. 그 의사는 단호하게 말했다. 더 이상 할 수 있는 것이 없다고. 하지만 제로는 아니니까 희망은 잃지 말라고. 그때 처음 알았다. 평생 전신마비 장애인으로 살아야 한다는 사실을.

'야! 상묵! 이런 난관은 머리를 써서 빠져나올 수 있어. 당장 제안서를 제출해야 하는 상황이 닥쳐도 항상 잘 해왔잖아. 당황하지 마! 당황하지 마! 하지만 이번엔 제대로 걸렸어. 구덩이에 빠졌어. 야! 하늘! 이거 내 각본 맞아? 감독 어디 있어?'

허망했다. 이렇게 도중하차를 시키다니. 혹시 그동안 무슨 잘못을 했나? 나 때문에 피해를 입은 사람들이 있나? 처음 떠오른 사람은 동생들이었다. 나는 장남으로 태어나 부모님의 사랑을 한몸에 받았다. 남동생과 여동생은 본의 아니게 차별을 받았다. 촛불 시위감이다. 훗날 여동생에게 이 이야기를 하니 동생은 "오빠는 어렸을 때부터 유전자가 우리와 달랐어!" 하며 시원하게 웃었다.

나는 재활치료로 유명한 란초 로스 아미고스 국립 재활병원(Rancho Los Amigos National Rehabilitation Center)으로 옮겨졌다. 그곳에는 척수마비, 뇌손상 등 신경마비 중증 환자들뿐이었다. 그러나 손상이 나보다 심한 사람은 없었다. 나는 사고 당시 차 지붕에 목이 짓눌려 뇌와 가까운 4번 척추를 다치는 탓에 목 아래는 전혀 움직일 수가 없는 전신마비였다.

나는 병실에서 반장이었다. 한번은 나처럼 완전히 마비된 줄 알았던 한 환자가 휠체어를 조이스틱으로 움직이는 것을 보았다. 손가락 신경이 돌아온 것이었다. 바로 그날로 절교해 버렸다.

재활치료는 물리치료와 작업치료로 이루어진다. 완전 마비인 나에게 물리치료는 소용이 없었다. 작업치료센터인 CART(Center for Advanced Rehabilitation Technology)에서 신경마비 환자의 활동을 돕는 보조공학기기 일고여덟 가지 중 내게 가장 적합한 모델을 찾는 과정을 거쳤다.

제자가 죽다니… 모든 것이 멈추었다

사고가 발생한 지 정확히 3개월 후인 2006년 9월 23일, 나는 한국으로 돌아왔다. 사고가 난 순간부터 오로지 한 가지 생각밖에 없었다. '난 돌아가야 한다. 내 연구실, 제자, 동료가 기다리는 학교로 돌아가야 한다.' 그런데 한국에 돌아오고서 며칠이 지난 늦은 밤에 아버지가 병실을 찾아오셨다.

"상묵아! 너는 명예를 잃지 않았다. 영어 선생을 하면 그전보다 더 많이 벌 수 있다. 학교로 복귀하는 것만이 능사는 아니다."

어떤 상황에서도 당황하지 않는 냉철한 아버지가 아니던가! 그런 아버지가 뜬구름 잡는 이야기를 하시다니. 그때까지 나는 최첨단 휠체어와 각종 보조기기를 갖춘 나의 모습을 보고 깜짝 놀랄 학생들의 표정을 궁금해하고 있었는데 아버지는 왜 이런 엉뚱한 이야기를 하시는 것일까.

이유는 다른 데 있었다. 아버지는 곧이어 충격적인 소식을 전하셨다. 다름 아니라 사고 당시 학생 한 명이 숨졌다는 것이다. 나는 그때까지 그 사실을 전혀 모르고 있었다. 숨진 학생은 매우 특별한 학생이었다. '바다의 탐구'라는 나의 강의를 열심히 듣던 여학생이었는데 내 수업을 들은 날이면 어김없이 쌍둥이 언니에게 무엇을 배웠는지 들려주며, 인생의 진로를 해양지질학으로 결정했다고 입버릇처럼 말했다. 그해 7월에 떠난 사막 지질 탐사는 원래 학부생은 같이 갈 수 없는 석·박사 연구 과정이었다. 하지만 학부생인 그 여학생은 기어코 동행하기를 원했고 아르바이트를 해 모은 돈으로 참가비 200만 원을 제일 먼저 접수했다. 그랬는데 그날 사고로 세상을 떠난 것이다. 그 학생이 당시 사고의 유일한 사망자였다.

기자들은 한결같이 물어본다. 언제가 가장 힘들었냐고. 나는 그때가 가장 힘들고 고통스러웠다. 아버지로부터 그 학생이 저세상 사람이 됐다는 이야기를 듣는 바로 그 순간, 갑자기 모든 것이 멈췄다. 조금 불편하지만 나 혼자 다쳤으니 떳떳하게 학교로 돌아갈 수 있다는 확신이 무너지는 순간이었다. '이제…… 돌아갈 수가…… 없다.'

일주일 후 학교에서 전화가 왔다. 공과대학 이건우 교수가 '경암학술상' 수상으로 받은 상금 1억 원 전액을 나에게 기부한다는 것이다. 같은 학교에서 근무를 한다고는 하지만 이름조차 들어본 적이 없는 분이, 그것도 공과대 교수가 자연대 교수에게 거액의 돈을 기부하다니! 훗날 이건우 교수를 뵙고 처음 드린 인사말이 바로 "저 아세요? 저는 전혀 모르는데, 저 아세요?"였다.

이건우 교수는 나에게 돈 이상의 것을 주었다. 바로 내 삶의 전부인 학교로 돌아갈 수 있는 명분을 주었다. 학교와 동료 교수들의 응원과 격려가 이어졌다.

나는 최첨단 장비로 '무장'하고 강의한다.
컴퓨터를 사용할 때는 빨대에 입김을 불어넣어 마우스를 움직인다.

장애인 권익을 위한 쉼 없는 희망

2007년 1월 2일, 드디어 학교로 돌아왔다. 사고가 난 지 정확하게 6개월이 지나서였다. 조금 느릴 뿐 강의 준비와 연구에는 전혀 불편함이 없다. 하늘은 내가 가진 것을 모두 빼앗아 가진 않았다. 최소한의 것은 남겨 놓았다. 내 폐가 보통 사람 폐의 40퍼센트밖에 안 남았다고 하지만 횡격막을 다치지 않아 말을 할 수 있고 뇌도 다치지 않아 연구와 강의에는 전혀 문제가 없다.

내가 교수를 직업으로 선택한 것, 이렇게 다친 것 모두 우연이 아닌 것 같다. 내가 만약 고등학교 교사였다면 다시 복귀하기 힘들었을 것이다. 강단에 올라 학생들을 가르칠 수 있어 나는 행복하다.

이런 내 이야기는 서울대 학보인 『대학신문』(2008년 3월 3일자 1725호)을 통해 처음 알려졌다. 그전까지 1년 8개월 동안은 내가 세상에 알려지는 것이 죽은 제자에 대한 도리가 아니라고 생각했다. 그때가 장애인이 된 지 햇수로 2년, 장애인을 위해 움직여야 할 때라고 판단했다.

내가 『대학신문』의 인터뷰에 응한 것은 장애인들에게 교훈적인 얘기를 전하려고 한 것이 아니다. 팔을 사용할 수 있는데도 집에 있는 장애인들이 많다. 그들에게 장애 유형에 따른 보조공학기기 등 테크

니컬 정보를 알려야 한다. 장애인의 몸 가운데 한 부분이라도 움직일 수 있다면 컴퓨터 조작이 가능하다. 컴퓨터는 장애인의 인생을 더욱 풍요롭게 할 것이다.

인터뷰에 응한 두 번째 이유는 이건우 교수의 기부 사실을 알리고 싶어서였다. 또 다른 기부가 이어지는 아름다운 기부 문화를 희망하기 때문이다.

이후 여러 언론사의 인터뷰 요청이 쇄도했다. 선진국과 우리나라의 재활치료 시스템이 비교되고, 각종 보조공학기기가 화제가 되었다. 정부에서는 장애인을 돕는 생활 보조인 홍보 캠페인을 같이 하자고 했다. 그동안 물리치료에만 급급했던 장애 재활에 대한 인식을 전환하는 기회가 된 것이다.

씨앗이 된 이건우 교수의 기부도 열매를 맺었다. 경암교육문화재단은 이건우 교수가 경암학술상으로 받은 상금 전액을 나의 보조공학기기 구입에 기부한 것을 기리기 위해 같은 금액인 1억 원을 장애인 의료장비 개발센터 설립에 쾌척했다.

다치고 난 뒤에야 알았다. 건강하게 5대양을 항해하며 연구했던 삶이 얼마나 고마웠는지. 이젠 '리사이클'되어 덤으로 사는 제2막 인생이라고 생각한다. 나는 장애인이다. 하지만 달라진 것은 없다.

단지 그전에는 학자로서, 과학자로서 삶을 살았다면 앞으로는 장애인의 권익을 위해 노력하는 삶이 하나 더 추가됐을 뿐이다.

나의 삶은 이 순간, 조용하면서도 쉼 없이 희망을 향해 계속된다.

이상묵 서울대학교 해양학과를 졸업하고 미국 MIT에서 박사 학위를 받았다. 2003년 서울대학교 지구환경과학부 교수로 부임했다. 2006년 미국 캘리포니아 지질 조사에 나섰다가 사고로 전신마비가 되었으나 다시 강단에 서면서 '한국의 스티븐 호킹'으로 불리고 있다. 인터넷과 IT, 첨단 공학 기술이 장애인의 삶의 질을 크게 높여 줄 것이라고 기대하며 서울대 장애인 의료장비 개발센터에서 최첨단 의료장비 개발에 동참하고 있다.

붓길은 내 영혼을 따라 흘러간다

석창우

10미터 길이의 화선지 앞에 섰다. 모두가 숨을 멈췄다. 의수(義手)에 끼운 붓이 빠지지 않게 다시 한 번 단단히 조인다. 천천히 붓에 먹을 묻히고 모든 기운을 화선지와 붓의 접점에 집중한다. 한 마리의 새가 바람을 타고 날듯 온몸으로 붓을 휘두른다. 이 순간만큼은 나는 두 팔을 잃은 장애인이 아니다.

2만 볼트에 감전되다

나는 1955년 경북 상주에서 2남 4녀 중 장남으로 태어났다. 공업고등학교와 대학에서 전기를 공부했고, 전기 기사를 천직으로 생각했다. 하늘이 높고 맑던 1984년의 어느 가을날, 전기 안전점검을 하다 나는 2만 2,900볼트의 전기에 감전되었다. 전원 차단 장치가 고장 나 있었던 것이다. 갑자기 온몸이 척 들어붙고 마치 몸 안으로 불덩이가 들어오는 듯했다. 눈을 떠 보니 병원이었다. 아무 기억이 나지 않았다. 그런데 양손이 없었다. 두 번 더 수술을 받고 양쪽 팔을 어깨까지 절단해야 했다. 양쪽 팔이 모두 까맣게 타 버렸기 때문이다. 하늘이 무너지는 것 같았다. 그러나 아내는 담담했다. 죽지 않고 살아난 것만으로 다행이라면서……. 그때 내 나이 만 29세였다. 둘째 아들 종인이가 태어난 지 불과 한 달 반이 지났을 무렵이었다.

두 팔이 없는 장애인의 고통은 남다르다. 다리가 멀쩡해서 이동하는 데 불편이 없다 보니 남들이 장애의 심각성을 잘 몰라준다. 당장 입원한 병원에서부터 난처한 일이 많았다. 산업재해 환자들을 위한 병원이었지만 두 팔이 없는 환자를 위한 시설은 전혀 갖춰져 있지 않았다. 직업 재활 역시 손을 사용한 프로그램 위주여서 나에게 맞는 것이 없었다. 걷는 것 말고는 아무것도 혼자 할 수 없다는 사실을 깨닫는 데 오랜 시간이 걸리지 않았다. 옷도 다른 사람이 입혀 주어야 하고, 밥도 먹여 줘야 한다. 세수도 용변도 남의 도움을 받아야 한다. 병원에 머문 1년 반은 재활의 시간이 아니라 절망의 시간이었다.

20여 년이 흐른 지금도 불편하기는 마찬가지다. 요즘도 종종 엘리베이터에 갇힌다. '체온 감응식' 버튼은 정말 난감하다. 쇠붙이로 된 의수에는 '체온'이 없다. 입술이나 턱으로 눌러 보기도 하지만 버튼에 불이 잘 들어오지 않는다. 아내가 식당을 운영하느라 집을 비우면 그날 하루는 내게 여전히 '곤란한' 시간이다. 화실에 자원봉사자가 나오면 밥은 먹을 수 있다. 하지만 어쩌다 홀로 있을 때면 밥에 물을 말아 겨우 마시거나 아예 굶는다. 지하철은 간신히 탈 수 있지만 버스는 너무 흔들리기 때문에 타기가 어렵다. 택시도 운전사가 내려서 문을 열어 줘야 비로소 탈 수 있다.

동화책 따라 그린 첫 그림

그림을 그리게 된 것은 정말 우연이었다. 퇴원하자마자 서울 집을 정리해 처가가 있는 전주로 내려갔다. 의수에 볼펜을 끼우고 글씨 연습을 하던 어느 날, 네 살 된 아들 종인이가 청소하는 엄마 꽁무니를 졸졸 쫓아다니며 그림을 그려 달라고 보챘다. 짜증이 난 아내가 "아빠한테 그려 달라고 해!"라고 무심코 말했다. 아들이 와서 그림을 그려 달라고 하는데 그 눈빛이 '진짜 그려 줄 수 있느냐?'고 묻는 것 같았다. '한 번 안아 주지도 못했던 아들놈이 그려 달라는

아들에게 그려준 새 그림. 이 그림을 보고 좋아하는 아이 때문에 사고 후 처음으로 희망을 갖고 그림을 시작하게 되었다.

데 그래, 한번 그려보자.' 하는 생각이 들었다. 그때까지 살면서 미술시간 외에는 한 번도 그림을 그려 본 적이 없어서 뭘 그려야 할지 몰랐다. 그냥 아들 동화책에 나온 새 그림을 보고 따라 그렸다. 그런데 종인이가 그 그림을 무척 좋아했다.

이때가 1988년이었다. 사고를 당하고 4년 동안 희망을 잃고 살아가던 나는 '나도 무언가 할 수 있겠다.'는 마음을 처음 갖게 되었다.

내친김에 그림을 배우기 위해 학원을 찾았다. 하지만 팔이 없는 사람을 받아 주는 곳은 없었다. 다양한 색으로 표현해야 하는데 물감을 짤 손조차 없으니……. 그래서 생각한 것이 서예였다. 먹 하나로 멋진 그림을 그릴 수 있을 것 같았다. 아내, 아들과 함께 서예학원을 다니기 시작했다.

서예에 좀 익숙해질 때쯤 원광대 서예과 여태명 교수님을 찾아갔다. 무작정 가르쳐 달라고 매달렸다. 교수님은 고개를 절레절레 흔들었다. 그래서 내가 스스로 포기할 때까지만 가르쳐 달라고 했다. 교수님은 내가 금방 못하겠다고 할 줄 알았는지 나를 받아 주었다. 그러나 나는 절대 포기할 수 없었다.

어느 날, 한 구족 화가(口足畵家)가 입으로 그림 그리는 모습을 텔레비전에서 보았다. 두 팔이 없는 장애인은 대부분 입 또는 발을 사용하는 구족 화가의 길을 선택한다. 우리나라에는 구족화가협회가 있을 정도로 구족 화가들이 많다. 그걸 보면서 이왕 어렵게 시작한 그림이니 구족이 아닌 다른 방법을 선택해 차별화하고 싶다는 오기가 발동했다. 두 팔이 없으면 구족으로 그린다는 편견을 깨고 싶었다. 그래서 나는 의수를 택했다.

오기로 시작했지만 의수로 그리는 작업은 생각보다 몇 배 이상 힘들었다. 나는 식사 시간 외에는 오로지 연습에만 매달렸다. 의수의 갈고리에 포크와 붓을 끼우는 각도가 달라 밥을 먹고 나서 그림을 그리려면 매번 각도를 다시 조절하여 붓을 끼워야 한다. 그 시간조차 아까웠다. 나는 다른 모든 것을 포기하고 단호히 붓을 선택했다. 의수의 갈고리는 언제 어디서든 붓을 끼우기 쉬운 각도로 고정해 놓았다. 그 뒤로 식사는 늘 오른편에 앉아 있는 사람에게 부탁해야 했다.

그렇게 연습에만 몰두한 지 한 달 후 여태명 교수가 정식 제자로 받아 주겠다며 손을 내밀었다. 이제 진정한 시작이다. 나는 꿈을 향해 한 발짝 내딛었다.

'수묵 크로키' 장르를 만들다

나의 삶은 예술과 전혀 관련이 없었다. 적어도 장애를 입기 전까지는 그랬다. 내 안에 예술적인 감각이 있으리라고는 꿈에도 생각하지 않았다. 삶이 백팔십도 바뀌어 모든 것을 잃고 나서야 발견할 수 있었던 것이다.

새로운 삶은 성공적이었다. 서예를 시작한 지 3년째 되던 1991년 전라북도 서예대전을 시작으로 다음 해 대한민국 서예대전, 대한민국 현대 서예대전 등 굵직한 대회에서 열다섯 차례에 걸쳐 입선, 특

의수에 붓을 끼워 그림을 그리는 순간, 나는 한 마리 새처럼 온몸으로 붓을 휘두른다.
2008년 6월 중국 북경 전시회 당시 수묵 크로키를 시연하는 모습이다.

선, 우수상을 수상했다. 거기서 멈출 수 없었다. 한 번 불붙기 시작한 예술에 대한 열정은 나날이 더해갔다.

1992년 어느 날, 대구예술대 서예과 김태정 교수의 예술이론 강의를 들었다. 수강생 중 누드 크로키를 하는 분이 있어 별생각 없이 김영자 선생님의 누드 크로키 강의에 따라 들어갔다. 그 수업에서 나는 큰 충격을 받았다. 찰나에 사람의 몸이 새로운 형상이 되어 꿈틀거렸다. 신비로운 경험이었다.

크로키는 원래 회화에서 밑그림을 스케치할 때 사용한다. 짧은 시간에 대상의 특징을 포착해 대략의 선으로 옮겨 그리는 드로잉의 한 형태이다. 나는 의수에 붓 대신 연필을 끼웠다. 몇 시간이고 크로키를 연습했다. 집에서 키우는 강아지부터 운동하는 사람까지 내 눈에 보이는 움직이는 것들을 모두 그렸다. 연필로 그리는 크로키가 익숙해질 때쯤 붓을 다시 끼웠다. 먹을 곱게 갈아 붓을 적셨다. 적신 붓은 내가 하얀 화선지에 숨을 멈춘 찰나의 순간, 역동적으로 움직이며 살아 꿈틀거리는 한 생명체를 만들었다. 그렇게 동양의 먹과 서양의 크로키가 만나 수묵 크로키가 탄생하였다.

미국, 독일, 중국, 프랑스, 영국 등 해외 전시 여덟 차례를 포함해 개인전 26회, 그룹전 190여 회를 진행하며 나는 '제1호 의수 화가'

경륜 선수들의 경기 모습을 역동적으로 표현한 수묵 크로키 〈speedom 34〉.

로서 '수묵 크로키'라는 새로운 장르를 개척했다. 기쁘게도 평단의 찬사가 이어졌다.

두 팔을 잃은 것은 운명, 그림은 숙명

사고로 스물아홉 살에 두 팔을 잃고는 아무것도 할 수 없었다. 그렇게 되고 나니 하고 싶어도 할 수 없는 것들이 꿈에 나타났다. 매일 밤 심란한 꿈에서 깨어나 다시 잠을 이루지 못하고 뒤척였다. 처음에는 낚시하는 꿈을 꿨다. 단지 낚시가 그리워서 그러는 것이겠거니 했는데 시간이 갈수록 꿈의 내용이 달라졌다. 꿈속에서 내 두 팔은 멀쩡했다. 잃어버린 것들에 대한 갈망이 꿈을 통해 요동쳤다.

그런데 사고 후 10여 년이 흐른 어느 날부터 거짓말처럼 그 꿈들이 사라졌다. 연필로만 해 오던 누드 크로키 작품을 화선지에 붓으로 그리기 시작할 때쯤, 참 신기하게도 더 이상 그런 꿈을 꾸지 않게 되었다.

누군가 내게 물었다. 하늘에서 건강한 두 팔을 다시 준다면 어떻게 하겠는가? 나는 담담한 어투로 단호히 말했다.

"안 받아요. 내가 양팔을 잃은 것이 운명이라면 의수로 그림을 그리게 된 것은 숙명입니다."

석창우 1955년 경북 상주에서 태어났다. 영등포공업고등학교와 명지대학교 전기공학과를 졸업했다. 학교에 다닐 때부터 전기 기사로 일하던 중, 1984년 감전 사고를 당해 양팔을 어깨까지 잘라냈다. 한국 최초의 의수 화가로, 수묵 크로키라는 장르를 개척했다. 2002년 중학교 2학년 미술교과서에 〈세종대왕〉이라는 작품이 수록되었고, 2008년 장애인문화예술대상 대상을 받았다.

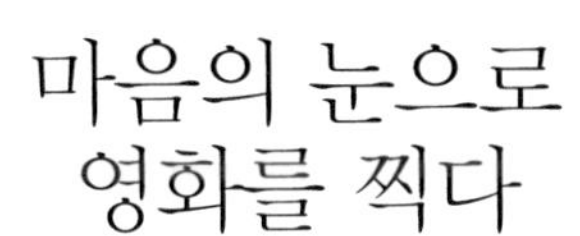

마음의 눈으로 영화를 찍다

노동주

나는 시각장애 1급으로 빛과 어둠 정도만 구별하는 전맹(全盲)이다. 전봇대와 사람이 있으면 무엇이 사람이고 전봇대인지 모른다. 움직이는 모습을 어렴풋이 감지하면 '아, 사람인가 보다.' 하고 짐작하는 정도다.

내가 제작한 다큐멘터리 〈당신이 고용주라면 시각장애인을 고용하시겠습니까?〉가 텔레비전에 방영되면서 나도 세상의 주목을 받게 되었다. 이 다큐멘터리는 내가 겪은 고용차별을 소재로, 충분히 능력이 있는데도 시각장애인이라는 이유만으로 취업하지 못하는 현실을 꼬집었다. 그런데 정작 다큐멘터리보다 내 존재가 더 큰 관심을 받았다. 아직은 시각장애인이 어떻게 영상을 제작했는지 궁금해 하는 사람들이 더 많은 것이 현실이다.

내가 왜 카메라를 들게 되었을까? 나는 중도장애인이다. 태어날 때부터 세상의 밝은 빛을 보지 못한 게 아니라 시신경이 마비되는 병 때문에 시력을 잃었다. 어렸을 때부터 영화감독이 되는 게 내 꿈이었다. 그때는 영화가 좋아서 영화감독이 되고 싶었지만, 이제는 장애인들의 이야기를 세상 사람들에게 들려주고 싶어 영화를 만든다.

영화감독을 꿈꾼 어린 시절

초등학교 4학년 때, 아버지께서 비디오 플레이어를 사 오셨다. 영화를 좋아하시던 아버지는 이틀에 한 번꼴로 영화 테이프를 빌려 오셨다. 아버지와 함께 고전 영화를 감상한 일은 가장 즐거운 어린 시절의 추억이다. 내가 어느 날 영화감독이 되고 싶다고 말씀드리자 아버지는 웃으며 이렇게 말씀하셨다.

"영화를 만들려면 돈이 많이 필요한데 우리 집안에는 그만한 돈이 없으니 먼저 돈을 많이 버는 직업을 갖는 것이 어떻겠니? 그런 후에 영화를 만들렴."

아버지의 생각이 옳다고 여겨졌다. 우선 돈을 많이 버는 직업을 갖기 위해 계획을 세웠다. 그러려면 공부를 잘해야 할 것 같아 열심히 노력해서 전교 1등을 하기도 했다. 중학교 때는 친구들에게 "나중에 내 영화에 투자해."라고 설득하기 시작했다.

중학교 3학년 때 우리 집에 먹구름이 몰려왔다. 형이 자살을 기도한 것이다. 착실하고 뭐든지 열심히 하던 형의 갑작스런 변화에 우리 가족은 어쩔 줄 몰랐다. 집안에는 웃음소리가 사라지고 한숨만 가득했다. 형은 강박장애와 우울증을 앓고 있었다. 형과 한 방을 쓰던 나는 형의 행동에 늘 불안감을 느꼈다.

내 병증이 나타난 것은 그로부터 2년 후였다. 갑자기 눈에 보이는 모든 것이 빙글빙글 돌면서 어지럼증이 시작되었다. 광주의 여러 병원을 찾아다녔지만 정확한 병명을 알 수가 없었다. 나중에야 '다발성 경화증'이라는 희귀성 난치병 판정을 받았다. 다발성 경화증은 시각과 다른 감각, 팔다리 움직임에 관련된 신경 전달에 이상이 생겨서 영구마비까지 갈 수 있는 무서운 병인데, 아직 정확한 원인도 모르고 치료법도 없다.

학교를 더 이상 다닐 수 없어서 자퇴하고 병원생활을 시작했다. 그동안 부모님은 늘 내 곁에서 안타까움에 눈물만 흘리셨다. 병원에서 2년을 보내고서야 겨우 일상생활로 돌아왔는데, 친구들은 모두 대학생이 되어 있었다. 그런 친구들이 부러워 공부 욕심이 났다. 부모님의 응원을 받으며 열심히 공부한 끝에 조선대학교에 합격했다. 대학생이 된 나는 2년이라는 공백을 만회하기 위해 남보다 더 열심히 뛰어다녔다. 학과 대표를 하면서 연극 동아리 활동을 했고, 평소에 해 보고 싶었던 스쿠버다이빙 동아리에도 가입했다.

그러다 대학 2학년 때, 갑자기 왼쪽 눈에 이상이 생겼다. 급히 병원에 갔더니 다발성 경화증 재발 진단이 내려졌다. '가슴이 무너져 내린다'는 말이 무슨 뜻인지 그때 알았다. 시각이 마비되어 언젠가는 전혀 볼 수 없게 된다는 이야기를 듣고 나는 나락으로 떨어졌다. 시간이 갈수록 왼쪽 눈의 시야는 좁아졌고 시력은 떨어져 갔다. 결국 왼쪽 눈은 완전히 시력을 잃었다. 오른쪽 눈에도 이상이 올 거라는 의사 선생님의 말씀을 듣자 병원에 가만히 있을 수가 없었다.

토익 980점이라도 안마사밖에 길이 없었다

한쪽 눈이라도 볼 수 있을 때 남들보다 더 많은 것을 보고, 더 많은 것을 경험해야겠다는 생각이 들었다. 그래서 눈의 이상을 주변에 알리지 않은 채 학교에 다니고 사회 활동도 열심히 했다.

장애를 갖게 되자 나보다 더 어려운 친구들이 보였다. 그래서 광

세광학교 친구들과 뮤지컬을 공연하는 모습(오른쪽에서 세 번째).
끼와 재능이 넘치는 친구들과 함께 성공적으로 공연을 마쳤다.

주 엠마우스 복지관에서 지적장애인들의 사회 적응을 돕는 활동을 시작했다. 그 친구들을 보니 내 장애는 사소하게 느껴졌다. 성당에도 열심히 다녔다. 나의 세례명은 '라파엘'이다. 시각장애인이 된 사실을 수녀님께 알리자 수녀님은 눈물 흘리며 라파엘 천사 이야기를 해 주셨다. 라파엘은 눈먼 장님의 눈을 뜨게 해 준 치유의 천사였다. 내 장애의 의미와 목적을 깨닫는 순간이었다.

한편으로는 취업을 빨리 하려고 전공인 환경공학과 관련된 온갖 자격증을 땄다. 그뿐만 아니라 영어, 컴퓨터, 한자 자격증도 취득했다. 취업에 자신감이 생기기 시작할 무렵 어머니가 위암 판정을 받았다. 가족들을 위한 기도만 했을 뿐 정작 당신을 위한 기도는 하지 않으셨던 어머니. 다행히 수술을 하였지만, 어머니의 투병생활로 내 마음은 더욱 급해졌다. 취업에 도움이 되는 것은 모두 찾아다니며 경험을 쌓았다.

기업체에 원서를 쓸 무렵 나머지 눈에도 이상이 오기 시작했다. 그와 동시에 아버지가 폐암 판정을 받으셨다. 너무 힘들고 슬퍼 성당에서 매일 눈물을 흘리며 신을 원망했다. 식구들 모두가 아프니 달리 하소연할 곳도 없었다. 수녀님은 내 손을 잡고 함께 울어 주셨다.

마음을 독하게 먹어야 했다. 취직이 더욱 절박해졌다. 하루라도 빨리 취업에 성공하여 부모님을 기쁘게 해 드리고 싶었다. 서류 심사는 무난히 통과하는데 면접에서 번번이 떨어졌다. 불합격의 이유는 간단했다. 시각장애 때문이었다.

네 식구가 모두 아프고 수입원이 전혀 없는 상태여서 나라도 빨리 일자리를 구해야 했다. 그래서 선택한 것이 맹인학교였다. 당시 우리나라에서 유일하게 시각장애인만이 가질 수 있는 직업이 안마사였다. 나는 안마사 자격을 취득하기 위해 맹학교인 광주 세광학교에 입학했다.

그곳에서 어린 동급생 친구들은 고사리 같은 손으로 안마를 배우고 있었다. 그렇지만 그들은 안마사가 아닌 다른 꿈들을 마음에 품고 있었다. 그게 가능할까? 온갖 자격증을 따고, 토익 980점에 다양한 사회활동으로 무장했지만 시각장애인인 내게 취업문은 열리지 않았다. 세광학교 친구들을 위해서라도, 시각장애인이라는 이유로 재능도 꿈도 포기하고 결국 안마사가 될 수밖에 없는 우리의 현실을 영상에 담아야겠다는 생각이 들었다.

시각장애인 영화로 인권영상공모전 대상

마침 그때 나는 광주시청자미디어센터에서 시각장애인들을 위한 라디오 프로그램 제작에 참여하고 있었다. 센터 제작지원 팀장님에게 영상을 제작하고 싶다는 말씀드렸더니 처음에는 내 말을 못 미더워 하시는 듯했다. 그도 그럴 것이 시각장애인이 가장 시각적인 매체인 영상 작업을, 그것도 촬영부터 하겠다고 했으니 말이다. 하지만 내 기획의도를 귀 기울여 들으시더니 영상 교육을 받도록 허락해 주셨다. 교육을 받고 나서 〈당신이 고용주라면 시각장애인을 고용하시겠습니까?〉를 촬영하기 시작했다. 비장애인이었으면 2~3컷이면 끝낼 장면을 20~30컷 찍어야 했다. 근거리 촬영은 어느 정도 가능했지만 원거리는 상이 잡히지 않아 어려웠다.

그래서 중학교 친구 성룡이에게 도움을 청했다. 시각장애인이 된 뒤 많은 친구들과 연락이 끊겼는데 성룡이는 계속 내게 연락을 해 준 친구다. 성룡이는 고맙게도 촬영을 돕겠다고 나섰다. 그렇게 해서 국내 최초, 아니 어쩌면 세계 최초일지도 모르는 시각장애인 다큐멘터리 팀이 결성되었다.

기획안은 이미 마련되어 있었기 때문에 일은 빠르게 진행되었다. 라디오 DJ가 꿈인 한나와 클라리넷 연주가가 꿈인 제윤이를 주인공으로 하여 이들이 꿈을 이루어 가는 과정을 그렸다. 그리고 사회의 장벽과 시각장애인들의 장래 희망을 대비시켜서 표현했다. 기대 이

2009 인권영상공모전 대상을 받은 첫 극영화 〈한나의 하루〉 제작 광경이다.
이 영화는 시각장애인 한나의 하루를 통해 시각장애인에 대한 차별을 보여 준다.

상으로 사람들의 반응은 좋았다. 이어 내 다큐멘터리가 KBS TV에도 방영이 되면서 언론의 주목을 받기 시작했다.

반가운 일이긴 했지만 시각장애인의 취업 현실에 대한 문제 제기보다는 시각장애인이 영상을 만들었다는 데 대한 호기심이 더 큰 것 같아 조금 섭섭하기도 했다. 나만 해도 여러 군데 취업문을 두드렸지만 받아주는 곳은 아무 데도 없었다. 맹학교 과정을 모두 마친 나는 2009년 12월 초부터 안마사로 일하게 되었다. 그나마 일할 수 있어 다행이지만, 왜 다른 기회는 주어지지 않을까?

한편으로 시나리오도 쓰고 있다. 다큐멘터리가 아닌 극영화를 준비하는 것이다. 긴 내용이라 언제 끝맺을지 모르겠지만, 안마사로 일하면서도 계속 시나리오를 쓰려고 한다. (2009년 12월 10일, 노동주 씨는 시각장애인의 하루를 다룬 첫 극영화 〈한나의 하루〉로 2009 인권영상공모전에서 대상을 수상했다. –편집자 주)

아버지는 폐암으로 2009년 여름에 결국 돌아가셨다. 앞이 보이지 않아 간병도 제대로 못하고, 아무것도 못 해 드리고 떠나시게 했다. 죄스러움과 서러움으로 가득한 내 마음에 아버지가 병상에 누워 계실 때 하신 말씀이 떠오른다. 아버지 말씀을 되새기며 나는 계속 시나리오를 쓰고, 도전하고, 가족을 위해 일도 열심히 할 것이다.

"인생은 무성한 숲 속 비탈진 산길을 오르는 것과 같다. 숲을 헤쳐 나가다 보면 바윗길도, 가시덤불 길도, 때로는 꽃길도 만난다. 지금 네가 걷는 길이 아무리 힘들더라도 희망을 잃지 말아라."

노동주 1983년 전라남도 광주에서 태어났다. 다발성 경화증으로 고등학교를 자퇴하고 2년간 병원생활을 했다. 검정고시를 거쳐 조선대학교 환경공학과에 입학했다. 대학 때 다발성 경화증이 재발해 시력을 잃고 졸업 후 맹학교인 광주 세광학교에 입학했다. 다큐멘터리 〈당신이 고용주라면 시각장애인을 고용하시겠습니까?〉로 국가인권위원회 광주사무소와 광주시청자미디어센터 등이 주최한 2008 인권영상공모전에서 우수상을 받았다. 2009년에는 처음 만든 극영화 〈한나의 하루〉로 2009 인권영상공모전 대상을 받았다.

산은 내 운명이다

김홍빈

2009년 4월 30일 저녁 8시. 세계 7위 봉인 다울라기리(해발 8,167미터) 정상 등정을 위해 캠프3(7,300미터)에서 밤 10시에 출발했다. 두 시간 전에 나갔어야 했는데 바람이 너무 강해 늦어졌다. 달빛도 없는 캄캄한 밤이다. 아이젠도 잘 들어가지 않는 단단한 청빙(靑氷), 무릎까지 빠지는 눈. 몇 번을 미끄러지고 얼마나 걸었을까. 그저 한 걸음, 또 한 걸음 앞으로 나가는 수밖에 없다.

5월 1일 오후 4시쯤부터 구름이 정상 부근을 가리기 시작했다. 모든 게 하얗게만 보일 뿐, 원근감도 경계도 느껴지지 않는 화이트아웃 현상까지 나타났다. 옆 사람도 잘 보이지 않는다. 오후 6시 30분. 다울라기리의 여신은 나를 정상에 올려놓았다.

희망은 당신 안에 있다
김홍빈

2009년 5월 1일 세계 7위 봉인 다울라기리 정상에 올랐다.
이로써 8,000미터급 14좌 완등이라는 나의 목표에 한 걸음 다가섰다.

이번에도 무모했다. 하지만 그렇게 하지 않았으면 오르지 못했을 것이다. 살아 내려가기 위해 밤새 또 걸었다. 2일 새벽 2시 30분에 캠프3에 도착했다. 쓴물까지 네 번을 토했다. 캠프2, 캠프1을 거쳐 걷고 또 걸어 오후 5시에 베이스캠프로 내려왔다. 다울라기리는 마지막 캠프에서 정상까지 등반거리가 길고 어려운 산이었다. 그동안 7~8팀이 도전했는데 2명이 사망했고, 2명은 동상이 심해 헬기로 후송되었다.

나 또한 산에서 죽음의 문턱까지 간 적이 있다. 1991년 북미 매킨리(6,194미터)에서 등반 사고로 동상에 걸려 열 손가락을 잃었다.

젊은 시절, 연애보다 산이 좋았다

고등학교 때까지 전남 순천에 살다가 광주에 있는 대학에 들어갔다. 대학에 들어가자마자 다른 생각은 할 것도 없이 바로 산악부에 가입했다. 특별한 계기는 없었다. 고등학교 시절, 신문과 텔레비전에서 등산하는 사람들의 모습을 보면서 막연히 동경했던 게 전부였다.

엄격하기로 유명한 대학 산악부는 상상했던 모습과는 많이 달랐다. 처음에는 좀 힘들었지만, 대원들과 함께 두세 번 정도 산에 오른 뒤부터 본격적으로 산에 빠져들었다. 대학에 들어가면 다들 미팅하고 연애하느라 바쁜데 나는 산에 다니느라 연애에는 관심도 없었다.

기회가 되면 빙벽, 암벽 등 가리지 않고 산으로 달려갔다. 위험한 상황을 많이 접할수록 더 극한 상황에서도 버틸 수 있을 것이란 생각에 산악 훈련을 통해서 몸을 꾸준히 단련했다. 훈련을 할 때면 힘들다는 생각은커녕 온몸이 살아 숨 쉬는 것 같아 오히려 편했다.

산과 관련된 책을 탐독했고 알프스 3대 북벽(아이거 북벽, 마터호른 북벽, 그랑조라스 북벽)에 대한 이야기를 읽으며 '하얀 산(설산)'을 오르기로 결심했다. 그 결심은 자연스럽게 8,000미터급 14좌 등정의 꿈으로 이어졌다.

1989년 대학을 졸업하고 나서 꿈에 그리던 8,000미터급 14좌 등정에 본격적으로 도전했다. 지금이야 돈만 있으면 해외에 나갈 수 있지만 그때만 하더라도 반공 교육을 따로 받아야 할 정도로 외국 여행이 보편적이지 않았다.

나는 언제든 산에 갈 수 있는 몸을 만들어 놓기 위해서 계속 산악 훈련을 하면서 기다렸다. 등반할 때 한국인의 취사 시간이 다른 나라 사람들에 비해 길다는 사실을 알고는 빵만 먹는 훈련을 하며 식습관까지 바꿨다. 그 덕에 지금도 밀가루 음식을 아주 좋아한다. 일상생활도 산행에 대비한 운동 그 자체였다. 버스를 탈 때도 절대로 자리에 앉지 않고 발힘을 기르기 위해 까치발로 서 있기도 했다. 걸어 다닐 때는 지름길을 마다하고 목적지까지 빙 돌아서 갔다. 숨 쉬고 걷고 자는 모든 것이 훈련이었다.

타고난 스포츠맨 체질에 운동신경이 좋았던지라 체력 훈련을 위해 노르딕스키를 독학으로 배웠다. 혼자 눈밭을 구르며 연습한 노르딕스키로 1989~1991년에 광주 대표로 전국체전에 나가 노르딕스키 크로스컨트리, 바이애슬론 부문 1, 2, 3위를 하기도 했다.

"너는 오래 살 거야! 너는 꼭 살 거야."

드디어 기회가 왔다. 1990년 광주·전남 대학산악연맹 추천으로 파키스탄 낭가파르바트(8,125미터)에 오르게 된 것이다. 하지만 날씨가 좋지 않아 정상까지 바위 하나만을 남겨 놓고 다시 돌아와야 했다. 꿈에 그리던 '하얀 산'은 쉽게 정상을 허락하지 않았다.

1년 후인 1991년, 또다시 기회가 찾아왔다. 당시 8,000미터 등반을 같이 준비하던 친구가 북미 대륙 최고봉인 북미 매킨리(6,194미터)에 함께 오르자고 제안했다. 하지만 미국 비자 발급이 늦어지는 바람에 나는 친구 일행보다 2주나 늦게 매킨리로 향했다. 초조했다. 하루 빨리 일행을 따라잡아야 한다는 생각뿐이었다. 이러한 초조함이 결국 무리수를 낳고 말았다.

최소 장비와 최소 식량만을 갖고 나는 홀로 산에 올랐다. 힘든 등정을 의지할 사람 없이 혼자 하는 것 자체가 무리였다. 게다가 고산지대에서는 체력 소비가 많기 때문에 먹는 게 중요한데 제대로 먹지 못해 체력은 점점 바닥으로 떨어졌다. 5,700미터 지점에서 정상 등반을 시도했지만 두 번을 실패했다. 거기서 멈춰 발길을 돌렸어야 했다. 하루만 더 쉬었다가 도전할 생각으로 잠깐 누웠다가 그만 잠이 들었는데 이미 탈진 상태였던 나는 깨어나지 못했다.

심장을 뺀 온몸이 얼어붙은 채로 데날리 국립공원 구조대에 구조되었다. 열여섯 시간 동안 의식이 없는 상태였다. 구조 과정에서 어깨가 꽉 묶이는 바람에 혈액순환이 되지 않은 채 차가운 공기에 노출되었던 손은 동상에 걸리고 말았다.

병원에서는 "시신을 찾아가라."고 가족에게 연락했다. 모두 마음으로 포기했지만 어머니는 달랐다. 어머니는 먼 나라에서 작은 숨을 쉬고 있는 나를 향해 계속 "너는 오래 살 거야! 너는 꼭 살 거야."라고 말씀하셨다고 한다. 나는 어머니의 염원처럼 생사의 갈림길에서 기적적으로 소생했지만 동상에 걸린 손은 시커멓게 말라갔다. 열 손가락을 모두 잘라내야 한다는 사실을 받아들이기 힘들었다. 두 달 동안 일곱 번의 수술이 이어졌고 3개월 간의 병원비만 무려 1억 5천여만 원이 나왔다. 당장 치료비가 걱정이었는데 알래스카 교민회에서 나의 사연을 듣고 물심양면으로 도와주었고 병원에서도 무료로 치료해 줬다.

내가 좋아했던 산이고 내가 계획했던 산행이었기 때문에 그때 일을 후회하지는 않는다. 그렇지만 반성한다. 젊기 때문에 무모하게 도전했고 결국 손가락을 잃었다. 컨디션이 좋지 않을 때는 일정을 조절했어야 했는데 빨리 성공하고 싶은 마음에 무리하게 등반을 했던 것이다.

치료를 마치고 한국으로 돌아온 후 나는 열 손가락 없는 장애인이 되었다는 현실에 한동안 방황했다. 누가 방문을 열어 주지 않으면 밖으로 나가지 못했고, 혼자 속옷을 갈아입을 수도 없었다. 손가락 대신 펜치를 사용해서 양말을 신으려다가 양말을 찢어 먹기도 했다. 뭉툭해진 손을 바라보며 죽고 싶다는 생각을 수도 없이 했다.

'하얀 산'에 다시 오르다

한국에 돌아온 지 한 달 남짓 지났을 때 대학 산악회 선후배들이 찾

1998년 북미 매킨리 정상에서.
매킨리는 7년 전 열 손가락을 잃은 곳이어서 등정에 성공하자 만감이 교차했다.

아와서 나를 다시 산으로 데려갔다. 사고가 난 뒤 처음 산에 간 건데 별다른 느낌은 없었다. 나를 반겨 주는 산은 사고 전과 마찬가지였다. 그때는 산에 다니는 일 자체가 재활이었다. 산에 오르면서 마음을 다스리고 몸을 단련했다.

열 손가락이 없어도 산에 오르는 데는 문제가 되지 않았다. 빙벽을 오를 때는 열 손가락이 사라진 뭉뚝한 손에 클라이밍 테이프를 감고 올라갔다. 예전보다 오르는 속도는 더디고 몸에 상처가 많이 생겼지만 산에 올라갈 수 있다는 사실만으로 좋았다.

하지만 좋아하는 등산에만 매달릴 수는 없었다. 먹고살 수 있는 직업을 가져야 했다. 어머니와 함께 돼지거름 장사도 하고, 공사장, 골프장에서도 일했다. 포크레인 운전면허를 따려 했지만 손가락이 네 개 이상 있어야 한다는 규정에 부딪혀 포기한 적도 있다.

1997년 IMF 직후, 일을 그만두고 그 어느 때보다 힘든 시기에 무등산에 올라갔다. 손가락이 없는 내 모습을 보고 어떤 사람이 자기 아들에게 "저런 사람도 열심히 살아가는데, 너도 열심히 살아라!" 라고 말하는 것을 들었다. 그런가? 나는 정말 열심히 살고 있나? 부끄러웠다. 지금부터라도 열심히 살자. 그러려면 내가 제일 잘하는 것을 하자. 그때 나는 꿈에 그리던 '하얀 산'에 다시 가기로 마음먹었다.

본격적인 등반을 결심하고 처음 오른 산은 일본 다테야마(3,105미터)였다. 비록 정상까지 올라가지는 못했지만 산에 대한 내 의지를 믿고 따라 주는 사람들이 생각나서 울면서 내려왔다. 그 후 나는 산에 굶주린 사람처럼 '돈'이 모이면 바로 '하얀 산'으로 떠났다.

1997년에는 유럽 엘브루스(5,642미터), 아프리카 킬리만자로(5,895미터), 1998년에는 남미 아콩카과(6,959미터), 그리고 열 손가락을 잃었던 북미 매킨리 등정에 성공했다. 2007년에는 호주대륙 코지우스코(2,228미터), 네팔 에베레스트(8,848미터) 등 여섯 개 대륙 최고봉을 섭렵했다.

8,000미터급은 2006년에 가셔브룸 2봉(8,035미터)과 티베트 시샤팡마 남벽(8,046미터), 2007년에 네팔 에베레스트(8,848미터), 2008년에 네팔 마칼루(8,463미터), 2009년에 네팔 다울라기리(8,167미터) 등 다섯 군데 등정에 성공했다.

모든 등반이 성공한 것은 아니다. 정상을 눈앞에 두고 돌아서야 했던 아쉬운 기억도 많다. 그중에서도 2000년에 등정을 시도했던 네팔 마나슬루(8,163미터)는 악천후 때문에 정상을 겨우 100미터 남겨 두고 하산했다. 네팔 사람들은 내게 "손가락도 없으면서 이 정도

했으니 다녀온 거나 마찬가지예요."라고 말했다. 그렇지만 내가 장애인이기 때문에 가지 않은 정상을 갔다고 할 수는 없다.

2008년 4월 네팔 마칼루 등반을 할 때도 우여곡절이 많았다. 등반에 앞서 빙벽 훈련을 할 때 그만 1번 척추에 금이 가고 말았다. 통증이 심해 이를 악물었다. 겨우 뼈는 붙었지만 대소변 보는 것도 힘들었다. 1주일 전에 설악산에서 갈비뼈까지 다친 상황이었다. 그러나 아프다고 하면 사람들이 못 가게 할까 봐 병원에 입원하지도 못하고 아픈 걸 숨겼다. 그렇게까지 하면서라도 오르고 싶었다. 내 마음을 알았는지 네팔 마칼루는 정상을 허락했다.

8,000미터 14좌 등정의 꿈

지금 생각해 보면 주위에 도와주는 사람이 많아서 산을 오를 수 있었다. 사고를 당한 후 집에만 있던 나를 산으로 다시 데리고 간 산악부 선후배 대원들, 그리고 쉽게 산에 오를 수 있도록 등산장비를 개조해 주는 후배들이 있었기에 가능한 일이었다. 특히 대학 산악부 시절부터 알고 지낸 원정대 윤장현 단장은 8,000미터 14좌 등정과 세계 7대륙 최고봉 등정이라는 원대한 목표를 정신적 · 재정적으로 아낌없이 지원해 주고 있다. 내 주변에는 이렇게 산처럼 우직하게 도와주는 사람들이 많다.

내가 산 못지않게 중요하게 여기는 것도 바로 '사람'이다. 그래서 등반을 할 때 셰르파와 같이 생활한다는 원칙을 지킨다. 나는 셰르파와 음식도 같이 먹고 숙소도 같이 사용한다. 그들의 인권도 인권이지만, 산에서는 누구보다 든든한 동지이기 때문이다.

당초 목표가 5년 안에 등정을 끝마치는 것이었는데 12년째 도전을 계속하고 있다. 언제 목표가 달성될지도 미지수이다. 몸과 마음은 언제든 산에 올라갈 준비가 되어 있다. 문제는 '후원'이다. 한 번 등반을 떠날 때마다 드는 돈이 만만치 않다. 그래서 셰르파와 단둘이 올라갈 때가 많다.

언제 나의 등반이 끝날지 나도 알 수 없다. 내일모레면 50이 되는 나이에 장애까지 갖고 산에 오르는 게 무모해 보일지 몰라도 꾸준히 한다면 언젠가는 성공하리라 생각한다.

내게 열 손가락이 다 있었다면 8,000미터 14좌 등정의 꿈을 더 빨리 이루었을지도 모른다. 하지만 욕심을 부리다가 벌써 죽었을 수도 있다. 나는 열 손가락을 잃고 나서 더디지만 천천히 꿈을 이루어 가는 행복을 알게 되었다.

나에게 산은 친구다. 힘들 때 가면 나를 위로해 주고, 내가 말을 안 들으면 따끔하게 충고도 해 준다. 산에서 열 손가락을 잃었지만 어제도, 오늘도, 내일도 나는 산을 그리워하며 산을 떠나지 않을 것이다. 나에게 산은 삶, 아니 운명 그 자체다.

김홍빈 1983년 광주 송원대학 산악회에 들어가면서 본격적으로 등반을 시작했다. 1991년 북미 매킨리 단독 등반 중 사고로 열 손가락을 모두 절단했다. 실의에 빠져 있던 상황에서 다시 산을 떠올렸다. 2009년 남극 빈슨 매시프에 올라 장애인 최초로 세계 7대륙 최고봉 등정에 성공했으며 8,000미터급 14좌 등정을 목표로 지금도 산에 오른다. 2007년에 광주 MBC 희망 대상 지역사회 부문 대상을 수상했다. 광주 YMCA 홍보대사로도 활동하고 있다.

꿈!
꾸기라도 해 봐!

송광우

꿈? 그게 어떻게 네 꿈이야? 움직이질 않는데. 그건 별이지. 하늘에 떠 있는, 가질 수도 없는, 시도조차 못 하는, 쳐다만 봐야 하는 별. 지금 누가 황당무계 별나라 이야기하재? 네가 뭔가를 해야 될 거 아니야! 조금이라도 부딪치고, 깡을 쓰고, 하다못해 계획이라도 세워 봐야 거기에 너의 냄새든 색깔이든 발라질 거 아니야! 그래야 너의 꿈이다 말할 수 있는 거지. 꿈을 이루라는 소리가 아니야. 꾸기라도 해 보라는 거야!"

– MBC TV 〈베토벤 바이러스〉 강마에 대사 중

인기리에 방영된 〈베토벤 바이러스〉라는 드라마를 참 재미나게 봤다. 사실 이 드라마 종영 후 며칠 동안은 '강마에 신드롬'에 빠져 벗어나질 못했다. 거만한 자세로 삐딱하게 서서 사람을 아래로 내려다보며 퍼붓는 독설이 꼭 나한테 하는 말 같아 움찔한 적이 한두 번이 아니다. 그의 주옥같은 대사 중 "꿈을 이루라는 소리가 아니야. 꾸기라도 해 보라는 거야!"라는 말을 듣는 순간 9년 전 나의 모습이 떠올랐다.

돌연 시력을 잃은 28세의 젊은 교사

1999년 햇볕이 내리쬐던 6월의 어느 날, 학교 동료 교사와 배드민턴을 치던 나는 평상시와 달리 공을 맞추지 못하고 연신 바닥에 떨어뜨렸다.

"송 선생, 배드민턴 실력이 초등학생만도 못한걸!"

머쓱해진 나는 "오늘따라 영 컨디션이 안 좋은데요."라며 피곤해서 그런가 보다고 대수롭지 않게 넘겼다.

다음 날, 수업 중 칠판에 글을 쓰고 뒤돌아선 순간 아이들 얼굴이 뿌옇게 보였다. 눈을 비비고 다시 봐도 아이들의 얼굴이 겹쳐 눈, 코, 입이 제대로 구분되지 않았다. 동네 안과에 가서 물으니 의사 선생님은 "젊은 사람들이 스트레스로 잠시 눈이 보이지 않을 수도 있다."면서 심각한 증상은 아니라고 말씀하셨다.

그러나 상황은 점점 더 악화되어 그나마 잘 보이던 한쪽 눈마저 보이지 않게 되었다. 그제야 인근 대학병원을 찾았다. 병원에서는 각종 검사를 한 뒤에도 원인을 모르겠다며 서울에 있는 큰 병원에서 검사를 다시 받아 보라고 했다. 부산에서 태어나 진주교대를 졸업하고 충청남도 당진 교육청 소속 교사로 재직해 온 내가 서울에 간 날은 손에 꼽을 정도였다. 그만큼 서울은 내게 낯설었다.

어느 병원이 크고 좋은지 물어물어 부모님과 함께 서울의 한 병원을 찾아갔다. 검사가 끝나고 복도에 있는 의자에 앉아 초조한 마음으로 기다렸다. '괜찮을 거야! 이제 스물여덟 살인데 무슨 문제가 있으려고. 괜찮아!' 하며 내 젊음에 의지해 마음을 다스렸다. 드디어 내 이름이 불렸다. 의사는 '레버 시신경 위축증'이라고 했다. 이름조차 처음 듣는 병이었다.

"레버 시신경 위축증은 안구 손상이 아니라 망막에 맺힌 상을 뇌로 전달해 주는 시신경 세포가 돌연변이를 일으켜 시각에 장애가 오는 병입니다. 뚜렷한 원인은 없고 지금 송광우 씨의 눈은 회복이 불가능한 상태입니다. 그나마 다행인 것은 안구 주변으로 조금은 볼 수 있다는 것입니다."

회복 불가능이라고? 나는 부모님을 똑바로 쳐다볼 수가 없었다. 2남 1녀 중 장남으로 태어난 나는 어렸을 때부터 욕심도 많고 하고 싶은 것도 많았다. 그런 나를 나무라기는커녕 부모님은 없는 살림에도 태권도, 주산 등 학원에 보내 주셨고, 보이스카우트 활동도 하게 해 주셨다. 대학 입시에 떨어져 방황을 할 때도 내게 재수를 권하며 든든한 버팀목이 되어 주셨고, 초등학교 교사 임용 합격 소식을 전화로 알렸을 때는 흐느껴 우셨던 부모님이다. 이제 장남으로서 효도할 일만 남았다고 생각했는데, 시각장애인이 되다니……. 아들을 위해 열심히 살아오신 부모님과 나를 위해 희생한 두 동생들 앞에 설 면목이 없었다.

집으로 내려온 나는 우선 학교에 2개월간 병가를 내고 부모님이 알아보신 각종 민간요법과 한방 치료를 열심히 받았다. 그러나 아무런 소용이 없었다. 그럴 때마다 부모님의 한숨 소리는 더욱 커져 갔고, 나의 희망도 점점 사라져 갔다. 선명하게 보았던 지난 28년이 모두 거짓처럼 느껴졌다. 세상이 원망스럽기만 했다. 절망감에 빠진 나는 내 눈에 보이는 희뿌연 세상에서 벗어나고 싶어 '죽음'이라는 극단적인 방법도 생각했다.

소식을 접한 친구들이 놀라서 우리 집으로 달려왔다. 누구보다도 나를 잘 아는 친구들은 잔뜩 웅크린 내 모습을 보고 적잖이 놀랐다. 한 친구가 "광우야! 어떻게든 극복하지 못할 시련은 없다고 하더

라. 용기를 가져!"라며 내 어깨를 두드렸다. 그 누구의 위로도 달갑지 않던 내 마음이 신기하게도 친구의 그 한마디에 평온해졌다. 그 친구들은 나에게는 피를 나눈 형제 그 이상이었다.

"시각장애인 교사, 당신이 도전하세요"

앞으로 살아야 할 날이 창창한데 언제까지 작은 방 안에서만 지낼 수는 없었다. 쓸 수 있는 휴가를 다 쓴 나는 2000년 4월에 학교에 휴직계를 제출했다. 그리고 여동생이 소개해 준 집 근처 시각장애인 복지관에서 점자와 보행, 음성 프로그램을 통한 컴퓨터 활용법 등 다양한 훈련을 받았다.

중도 장애인은 점자 익히기가 참 힘들다. 무딘 손끝으로 올록볼록한 점자를 아무리 더듬더듬 만져 보아도 도대체 무슨 말인지 알 수가 없었다. 훈련을 받으면서도 '내가 적응할 수가 있을까?' 하는 걱정이 앞섰다.

하루의 반 이상을 훈련에 매달리며 연습에 연습을 거듭했다. 그러자 어느 날부턴가 손끝에서 글들이 살아났고, 빠른 속도로 읽는 컴퓨터 음성 프로그램의 내용도 귀에 들리기 시작했다. 무엇인가를 할 수 있을 것 같았다. 가슴에서 뭔가 꿈틀거렸다. 그건 바로 '다

충청남도 고대초등학교 3학년 2반 아이들과 함께.

시' 교단에 서고 싶다는 꿈이었다.

나는 어렸을 때부터 초등학교 선생님이 되고 싶었다. 초등학교 1학년 때인가 넘어져 다리를 심하게 다친 적이 있었는데 그때 담임인 정인종 선생님이 여자의 작은 체구로 나를 업고 화장실도 데려다 주시는 등 어머니같이 살뜰하게 챙겨 주셨다. 그 따뜻한 기억이 나를 교사라는 직업으로 이끌었다. 두 눈을 잃었다고 해서 그 꿈을 포기할 수는 없었다.

시각장애인이라서 일반 학교로는 돌아갈 수 없었다. 남을 가르치는 유일한 길은 맹학교 특수교사뿐이었다. 새로운 희망을 발견한 나는 특수학교 교사가 되기 위해 2000년 12월 대구대학교 특수교육대학원 시각장애아교육 전공에 지원을 했다.

그런데 면접 위원 임안수 교수님이 대뜸 "다시 일반 초등학교로 돌아가 교단에 서세요. 외국에는 시각장애인도 일반 학교에서 학생들을 지도하는데 왜 우리나라에는 그럴 수가 없는지……. 송광우 선생이 한번 도전해 보세요. 나도 도움을 줄 방법을 찾아보겠소."라고 하시는 게 아닌가?

다시 일반 초등학교로 돌아간다는 것은 생각지도 못했다. 그러나 곰곰이 생각해 보니 맹학교에서는 시각장애인 교사와 비장애인 교사가 함께 아이들을 가르치는데, 일반 학교에서는 비장애인 교사만 가르쳐야 한다는 법이 있는가 싶었다. 오기가 생겼다. '그래, 한번 해 보자!'

2001년 4월 휴직 기간이 끝나 충남 교육청에 복직 신청을 했다. 나에게 돌아온 교육청의 답변은 '복직 불가'였다. 이유는 다음과 같았다. '병으로 인한 휴직의 복직은 병이 완치되거나 호전되어 학생들 지도에 이상이 없을 때만 가능하며, 우리나라에는 아직 시각장애인이 일반 학교에서 학생들을 지도한 사례가 없다.' 하지만 이는 헌법이 보장하는 직업 선택의 자유를 정면으로 거스르는 답변이었다.

장애인이더라도 직업 선택의 자유는 존중되어야 마땅하다. 이때부터 교육청을 상대로 한 나의 복직 투쟁이 시작되었다. 부산시 시각장애인 복지관 소개로 '장애우 권익 문제 연구소'를 알게 되었고, 이곳에 근무하는 간사와 나는 교육청과 교육부 등에 편지를 썼다. 나의 끈질긴 요구에 교육청에서는 복직에 두 가지 단서를 붙였다. 전문의의 진단서와 공개 수업이었다.

'복직 불가' 벽을 넘어 아이들 곁으로

전문의는 진단서에 '시각장애 1급이지만, 보조공학기기를 사용하

아이들이 제출한 숙제는 보조공학기기를 이용해 일일이 확대하여 검토한다.
선입견을 가진 어른과 달리 아이들은 순수해서 이 기기를 보면 신기해한다.

면 학생들을 가르치는 데 문제가 없다.'고 적어 주었다. 공개 수업도 의심의 눈초리로 바라보는 교육청 관계자들 앞에서 보란 듯이 해냈다. 2001년 4월 27일, 드디어 충남 교육청의 '복직 승인' 통보를 받았다.

시력을 잃은 이후 꿈에서만 그리던 일반 초등학교 교사로 다시 서게 된 날, 가슴이 벅차올랐다. 3년 전 첫 발령을 받은 날보다 곱절은 더 떨렸다. 잔뜩 긴장한 채 2학년 교실에 들어섰다. 역시 아이들의 얼굴은 희뿌옇게 보였다. 그런데 신기하게도 아이들 한 명 한 명 목소리를 듣는 순간 그 아이의 예쁜 얼굴이 또렷하게 보이는 듯했다. 행복했다. 내가 있어야 할 자리는 바로 여기였다.

"선생님, 이건 뭐예요?"

"우와~ 이거 되게 신기하게 생겼다."

"모니터 글씨가 엄청 커요!"

새 학기가 시작되면 서먹서먹한 분위기가 보통인데 우리 반은 전혀 그렇지가 않다. 아이들은 내 책상 위에 있는 실물 화상기, 한 글자가 꽉 찬 모니터가 무슨 재미난 장난감인 듯 신기해한다.

"이것들은 선생님 눈을 도와주는 기기들이야! 선생님은 눈이 나쁘거든." 하고 설명해 주면 아이들은 "눈 나쁘면 안경 쓰면 돼요."

라고 똘똘하게 대답한다.

아이들은 참 순수하고 맑다. 어른들처럼 장애인, 비장애인이라는 이분법적인 선입견을 가지고 있지 않다. 단지 '선생님이 눈이 잘 안 보이는구나.'라고 생각할 뿐이다.

일일이 글자를 확대해 봐야 하기 때문에 우리 반은 숙제 검사 시간이 길다. 아이들은 재촉하지 않고 기다린다. 소풍처럼 익숙하지 않은 장소에 가면 나는 "선생님 화장실 좀 안내해 줄래?"라고 부탁하고 아이들은 자연스럽게 손을 잡고 나를 이끈다.

나는 아이들이 성적에 연연하며 '성공'에 집착하는 사람보다는 '따뜻한 마음'을 가진 아름다운 사람으로 자라나길 바란다. 그리고 한 가지 더 바람이 있다면 내가 가르치는 아이들이 훗날 열심히 살다가 지치고 힘들 때 나를 찾아와 잠시 편안하게 쉬었으면 하는 것이다.

〈베토벤 바이러스〉에 나오는 강마에의 말처럼 나는 꿈을 꾸었다. 그리고 그 꿈을 하늘에 떠 있는, 가질 수도 없는, 시도조차 못 하는, 쳐다만 봐야 하는 '별'로 보지 않는다. 부딪치고, 깡을 쓰고, 계획을 세우며 그 꿈을 현실에서 이루기 위해 노력했다.

혹시 '내가 과연 할 수 있는 게 있을까?', '잘할 수 있을까?'라고 고민하는 사람이 있다면 나도 강마에와 같은 말을 해 주고 싶다. 꿈을 이루라는 말이 아니다. 단지 꿈을 꾸기라도 하자. 그리고 그 꿈을 향해 온갖 발버둥이란 발버둥은 다 쳐 보자!

송광우 1972년 부산에서 태어났다. 진주교육대학교를 졸업하고 1998년 충청남도 당진 고대초등학교에 첫 발령을 받았다. 바로 이듬해에 '레버 시신경 위축증' 판정을 받고 휴직했다. 시각장애인이라는 이유로 복직이 거부되었으나 물러서지 않고 도전해 2001년 충청남도 당진 남산초등학교에 발령을 받았다. 2005년 대구대학교에서 특수교육학 석사 학위를 받았다. 지금은 당진 고대초등학교 교사로 근무하고 있다.

희망을 향해 "플레이볼!"

천일평

"저 앞에 물웅덩이가 보이는데……."

12인승 밴 운전석 옆에 앉아 있던 나는 200미터가량 앞의 도로 한가운데에 반짝이는 물을 보고 운전기사에게 조심하라고 한마디 했다.

"에이! 저 정도 물은 괜찮아요. 날씨도 더운데 시원하게 그냥 지나갑시다."

폭 1미터 정도 되는 물웅덩이를 지나가는 순간 승합차는 갑자기 붕 떠올랐고 나는 "어! 어!" 외마디 소리를 지르고 정신을 잃었다.

1984년 8월 12일, 미국 LA 올림픽이 끝나고 『한국일보』-『일간스포츠』 취재단은 귀국하기 전 3일의 휴가를 얻었다. 미국에서 한 달간 취재하느라 고생했다고 휴가를 준 것이다. 나는 당시 체육부 기자였다. LA에 있던 『한국일보』 미주 본사는 도요타 밴과 운전기사까지 내주었다. 나는 동료 기자 일곱 명과 함께 애리조나 주 그랜드 캐니언에 다녀오기로 했다.

웅장한 대협곡과 솔트 강(Salt River) 등 대자연의 신비함을 만끽하고 다음 날 라스베이거스에 들러 하룻밤을 보냈다. 캘리포니아 주의 물줄기인 후버 댐의 장관을 관광한 다음 LA로 가기 전 데스밸리(Death Valley) 국립공원을 구경하기로 했다.

'죽음의 계곡'에서 당한 차량 전복 사고

LA 북쪽에서 네바다 주에 걸쳐 있는 데스밸리는 말 그대로 '죽음의 계곡'이다. 200년 전 서부 개척 시대에 금광이 발견되어 골드러시를 이룰 때 꿈을 안고 서부로 향하다가 마지막 난코스인 데스밸리에서 수많은 사람들이 숨졌다고 한다. 호기심 많은 내가 동료들을 부추겨 한번 보러 가자고 했다.

그런데 데스밸리 입구에서 경찰이 차량을 통제했다. 전날 폭우가 내려 일부 도로가 유실됐다며 다른 길을 안내했다. 통행이 가능한 데스밸리의 반쪽을 구경하고 LA로 가는 길을 택했다. 그러고 나서 한 시간가량 달린 끝에 전날 내린 비가 고여 있는 길 한복판 물웅덩이에서 사고를 당한 것이다.

우리 승합차는 시속 55마일(시속 89킬로미터 정도)로 달렸지만 수막 현상으로 차가 미끄러져 붕 떠오르면서 길가로 튕겨져 나갔다. 뒷좌석에 탄 일행들은 차창 사이로 기어 나왔고 안전벨트를 하지 않은 나는 창문으로 튕겨 나와 정신을 잃었다.

헬기 프로펠러 소리에 정신이 돌아온 뒤 온몸에 통증을 느끼며 라스베이거스 밸리 병원으로 실려 갔다. 몇 차례 깨어났다 까무러치기를 반복했다. 갑자기 다리 아래쪽이 허전한 느낌이 들었다. 다리가 절단됐다는 생각에 비명을 질렀다. 고개를 들어 아래를 보니 두 다리는 온전히 붙어 있었다. 천만다행이라고 생각하고 다시 혼수상태에 빠졌다.

덩치는 작지만 건강했고, 신문기자로 일하며 행복한 가정을 꾸리고 있다고 자부하던 나는 귀국을 앞두고 세 가지를 계획했다. 한두 해 안에 해외 특파원이 되거나 해외 연수를 나가고, 행글라이딩을 배우고, 신학 공부를 할 계획이었다. 하지만 사고를 당했으니 어쩌랴? 처음 한 달간은 곧 귀국할 것이라고 생각했고 10월이면 한국시리즈가 열리는 야구장에 목발을 짚고 나가 취재를 계속할 수 있으리라고 믿었다.

"너는 영원히 걸을 수 없어"

LA 란초 로스 아미고스 병원에 입원해 있던 1984년 9월 어느 날 병원으로부터 패밀리 컨퍼런스에 참석하라는 통보를 받았다. 한국인 간호사에게 무슨 모임이냐고 물었더니 의사들이 가족과 만나 정밀 진단 결과를 알려 주고 앞으로의 치료 과정을 설명한다고 했다.

회의실에는 정형외과, 재활의학과, 신경외과, 비뇨기과, 신경정신과 의사와 간호사 두 명, 물리치료사 두 명, 사회복지사 등이 기다리고 있었다. 의사들은 먼저 인체 모형과 필름을 보여 주며 "흉추(T)가 10번에서 12번까지 산산조각이 났고 요추(L) 1번까지 다치면서 중추신경이 손상되어 하반신을 못 쓰게 됐다."고 설명했다.

모임 직후 병원에서 가장 가깝게 지내던 미국인 물리치료사를 찾아가 다시 한 번 나의 진단 결과를 확인했다. 30대 중반이던 그는 한동안 고개를 숙였다가 내 눈을 들여다보더니 "너는 영원히 걸을 수 없어."라고 짤막하게 말했다. 가슴에 쇠뭉치가 콱 치밀어 오르는 느낌을 받으며 나는 다시 물었다. 그는 이번에도 단호하게 "목발도 사용 못 해."라고 한마디 하고 자리를 떴다.

세상이 멈춘 것 같았다. 비뇨기과 의사는 나를 찾아와 "무엇보다 앞으로 소변을 제대로 관리하지 않으면 큰일 난다."면서 자세히 설명해 주었지만 내 귀에는 앞으로 걷지 못한다는 이야기만이 맴돌았고 온몸의 힘이 빠졌다. 어느 정도 각오는 했지만 정작 담당자로부터 통보를 받으니까 절망감이 엄습했다. 기가 막혔다. 아내와 가족들에게 짐만 안겨 준다고 생각하니 미칠 것만 같았다.

삶의 의지를 되살려 준 아내의 편지

다음 날 오전 휠체어 달리기 훈련을 마친 뒤 물리치료사, 환자 일행과 떨어져 혼자 병동으로 향했다. 훈련장과 병동 사이에는 자동차 전용 도로가 있었고 그 위로 구름다리가 설치돼 있었다. 몇 차례 눈여겨본 곳이었다. 구름다리 중간쯤에서 주위를 둘러보았다. 아무도 보이지 않았다. 철봉으로 만든 난간 높이가 사람 키보다 약간 낮았다. 휠체어를 고정시켜 놓고는 난간을 붙잡고 올라가려 애썼다. 난간 위에서 6미터 아래로 떨어지면 분명 죽을 수 있을 거라고 판단했다.

그러나 난간 위로 올라가기가 쉽지 않았다. 아등바등하며 몇 차례 오르려 했으나 실패했다. 숨을 몰아쉬며 다시 시도하려는 순간 나이 든 한 흑인 직원이 나타났다. 무얼 하느냐고 묻기에 겸연쩍게 웃으며 “운동을 하고 있다.”고 둘러댔다. 죽기도 쉽지 않았다.

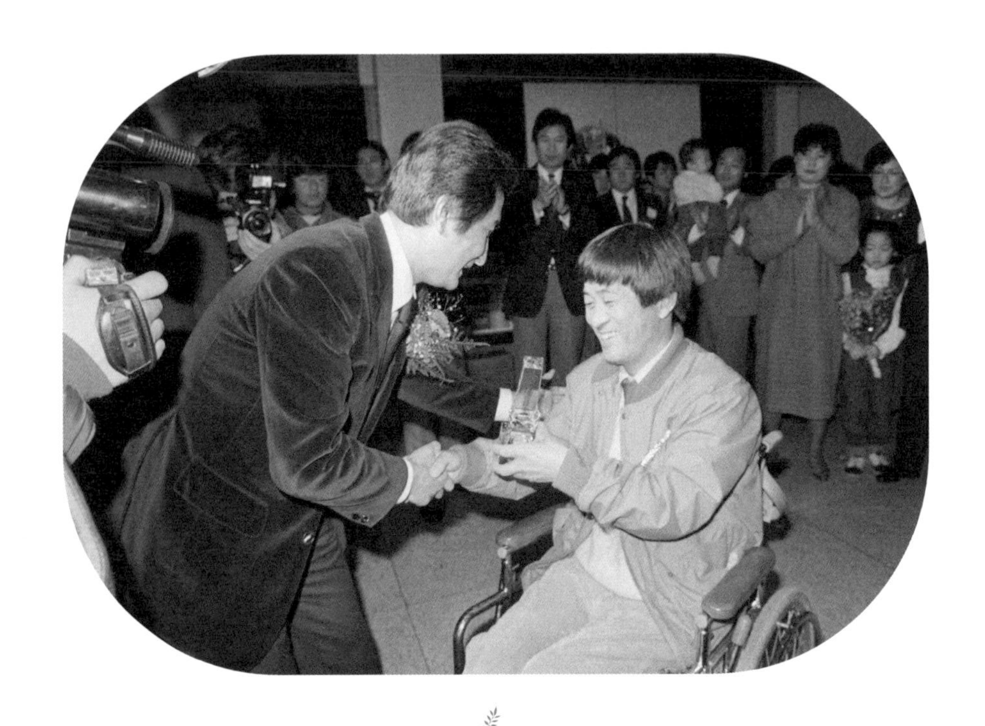

1985년 업무에 복귀한 뒤, 한국체육기자연맹이 주최한 85 최우수 선수 시상식에서
체육기자상을 받았다.

병실로 돌아오니 아내의 편지가 와 있었다. 편지를 가지고 떡갈나무 아래로 갔다. 아내의 편지를 읽는데 눈물이 쏟아졌다. 그렇게 펑펑 눈물을 흘리기는 처음이었다. 아내는 얼마 전에 병원을 다녀갔지만 내가 무척 보고 싶다고 했다. 서울에서 아무 탈 없이 아이들을 잘 키우고 있다고도 했다. 초등학교 1학년에 다니는 바우(동우)는 학교에서 아주 씩씩하게 새로운 친구들과 지내고 꽃님이(유진)는 유치원에서 가장 예쁜 아이로 소문났다고 자랑했다.

'당신이 예전처럼 건강한 모습으로 돌아오면 좋겠지만 그렇지 않더라도 하나님은 당신을 사랑하여 낫게 해 줄 테니까 치료를 마치고 빨리 돌아오기만 기원한다.'고 끝을 맺었다. 왜 그렇게 눈물이 나는지 바보처럼 울었다. 혼자 있다고 생각했는데 미국인 동료 환자 두 명이 휠체어를 타고 다가왔다. 그들은 내 등을 두드리며 "미스터 천은 해병대 출신이어서 강한 줄 알았는데 웬 눈물이 그리 많으냐."며 위로했다.

그 후 나는 두 번 다시 자살을 생각하지 않았다. 나를 사랑하고 믿는 가족들과 격려해 주는 주변 사람들을 슬프게 만들어서는 안 된다고 다짐했다.

나는 영원한 현역이다

다섯 달간 미국에서 치료하고 1985년 1월 10일 귀국했다. LA 공항에서 비행기를 타 보니 건강할 때와 엄청나게 차이가 있음을 실감했다. 비행기 안으로 들어가려니 통로가 좁아 도저히 휠체어를 타고 들어갈 수 없었다. 승무원들이 나를 안아 좌석에 앉혔다.

11시간 비행 끝에 휠체어를 타고 공항 출구로 나서자 환성이 쏟아졌다. 회사 동료 60여 명과 친구들, 그리고 가족들이 공항에 나왔다. 회사 동료들은 플래카드까지 흔들어 댔다. 얼굴이 화끈거렸다. 내가 무슨 올림픽 메달리스트냐고 동료들을 나무라면서도 목이 꽉 메었다.

나는 친구들과 함께 목동 집으로 갔다. 집에서 기다리시던 아버지와 어머니께 절을 드리려니 쉽지가 않았다. 겨우 앉아 다리를 잡아당겨 오므리고 절 시늉을 냈다. 그리고 아버지께 술 한 잔을 따라 올렸다. 아버지는 "그래 잘 왔다. 몸조리 잘해야 한다."는 말씀을 하셨다. 어머니는 옆에서 계속 손수건으로 눈가를 닦으셨다.

연립주택 2층인 집에 오르내릴 때마다 진땀이 나고 아슬아슬했다. 출퇴근 때문에 하루에 두 번씩 계단을 오르내렸는데 아들, 딸까지 모두 달라붙어 도와줘야만 했다. 계단이 무려 스물한 개나 됐다.

사고 후 절망하던 나는 아내의 편지를 받고 희망을 되찾았다. 이후 아내는 항상 나와 함께한다.
내 휠체어를 오르내리느라 허리 디스크가 망가져 수술을 받기도 했다.

내 몸무게가 60킬로그램이었고 휠체어 중량도 20킬로그램 정도 되었으니 보통 사람들은 도와 줄 엄두도 나지 않았을 것이다. 요통이 있던 아내는 내 휠체어를 오르내리면서 허리 디스크까지 생겼다. 아내는 결국 6년 전 수술을 받았다. 디스크 두 개가 크게 손상된 자리에 금속판을 끼워 넣는, 여덟 시간에 걸친 대수술이었다. 의사는 무거운 물건을 들지 말라고 했으나 아내는 지금도 내 휠체어를 다룬다.

업무에 복귀한 지 4년여 만인 1989년에 나는 체육부장이 됐고, 이어 야구부가 신설되면서 야구부장을 맡았다. 스포츠 신문에서 야구부장은 실로 '중책'이다. 전장의 일선 지휘관과 다름이 없다. 야구부장을 맡은 6년 동안 자정이 넘어 퇴근하기 일쑤였고, 등뼈가 무너져 내리는 느낌이 들곤 했다. 그래도 나는 다행으로 여겼다. 일할 자리가 있고, 그 자리에서 늙어 간다는 것은 행복한 일이었다.

2004년 1월, 『한국일보』-『일간스포츠』에서 31년 만에 정년퇴직한 나는 『스포츠서울』 등에 칼럼을 쓰다가 1년 후 옛 동료들과 함께 설립한 인터넷 신문 「OSEN」에서 편집인으로 일하고 있다. 지금도 야구 시즌이면 일주일에 두세 번은 야구장을 찾는다. 평생 스포츠 기자가 업인 모양이다.

나는 멈추지 않을 것이다. 휠체어를 타야 하지만 어디든 못 갈 곳이 없고 못 할 일이 없다. 두 눈은 여전히 밝고 머리는 맑으며 무엇보다 글을 쓸 수 있는 손이 멀쩡하다. 나이가 주는 무게가 만만치 않지만 나는 여전히 '현역'이다. 내 인생에 외친다. "자! 다시, 플레이볼!"

천일평 1972년 『한국일보』에 입사하고 1973년에 단국대학교를 수석으로 졸업했다. 『일간스포츠』 체육부에 근무하던 1984년 미국 LA 올림픽 취재 직후 교통사고로 하반신이 마비되었다. 6개월간의 재활치료 후 복직했다. 1989년 『일간스포츠』 체육부장 및 야구부장, 1995년 『일간스포츠』 편집위원, 2002년 『일간스포츠』 편집인을 거쳐 정년퇴직 후 2005년 인터넷 신문 「OSEN」을 설립하여 편집인으로 활동하고 있다.

2
나는
나를
넘어섰다

울트라 마라톤 울트라 희망

•

송경태

도저히 더는 갈 수 없다. 벌써 네 번째, 뜨거운 사막의 모래 위에 쓰러졌다. 태양이 두렵다. 이대로 미라가 될 것 같다. 아, 졸리다. 잠이 쏟아진다. 수분 부족으로 인한 졸음이다. 눈꺼풀이 닫히는 순간 나는 죽는다.

박테리아도 살지 않는 열사(熱沙)의 땅 사하라 사막. 그곳에서 5박 6일간 250킬로미터를 달리는 2005년 극한 마라톤 대회. 18킬로그램짜리 배낭을 짊어진 채 휘청거리며 모래바람을 헤치고 나아간다. 기온은 섭씨 50도를 넘어섰다. 삶과 죽음의 경계선에 위태롭게 서 있는 내 얼굴은 숯처럼 메말라 있다.

나는 울트라 마라토너이고, 앞을 전혀 볼 수 없는 시각장애인이다. 아플 정도로 내리쬐는 태양의 열기와 숨 막히는 모래바람 속을 암흑 상태에서 걷고 뛰었다. 구간마다 맡아 놓고 꼴찌를 했다. 하지만 포기하지 않았다. 맨 마지막으로 결승선을 통과했다. 그런데 참가자 107명 중 77등이라고 했다. 나머지 30명은 레이스를 포기한 것이다.

2007년 고비 사막에서 열린 대회도 지금 생각하면 아찔한 순간의 연속이었다. 해발 4,000미터를 넘나드는 고원 지대. 어떤 코스는 죽음을 각오해야 할 만큼 험난했고 어떤 코스에서는 눈보라가 몰아쳐 꼼짝도 할 수 없었다. 구간별 제한시간에 쫓겨 피가 말랐다.

도우미는 내게 길이 험하니까 잘 따라오라고 했다. 그리고 별말이 없었다. 무슨 일인가 하면서도 무작정 따라갔다. 나중에 알고 보니 폭이 30센티미터 정도에 불과한 300미터 높이의 낭떠러지 길을 3킬로미터나 달렸다. 주최 측에서 우리보고 도대체 어떻게 살아서 왔냐고 물을 정도였다.

장애인 최초 극한 마라톤 '그랜드슬램'

2008년 봄에 도전한 아타카마 사막은 250킬로미터 구간 가운데 소금 사막이 53킬로미터, 나머지는 모래와 자갈이 뒤섞인 길이었다.

2008년 아타카마 사막 극한 마라톤. 둘째 아들(오른쪽)과 같이 뛰었다.
8킬로미터를 뛰고 포기하자던 아들은 응원해 주는 동료들에게 힘을 얻어 무사히 완주했다.

둘째 아들이 도우미로 함께 달렸다. 주먹만 한 소금덩이가 박힌 땅을 달리자니 한 발 한 발 디딜 때마다 발목이 꺾였다.

첫날 뛰는 42킬로미터는 가장 어려운 코스였다. 포기할 사람은 빨리 그만두라는 의미였다. 8킬로미터쯤 지날 때였는데, 아들 녀석이 "아빠, 보따리 싸서 가자."고 했다. 나는 첫날만 하고 가자고 아들을 설득했다.

어렵사리 베이스캠프에 도착하자 먼저 도착한 모든 사람들이 우리 부자에게 아낌없는 박수를 보냈다. 포기하자던 아들은 응원해 주는 동료들의 모습에 마음을 바꿨다. 레이스 도중에 너무 힘들어서 서럽게 울기까지 한 나는 제한시간을 20분 남기고 결승 지점에 들어와 아들과 포옹하며 진정한 행복을 느꼈다.

정해진 시간 안에, 주어진 물과 식량만으로 250킬로미터를 5박 6일 안에 달리는 극한 마라톤은 인간의 한계를 시험하는 죽음의 레이스이다. 네 개 대륙의 혹독한 자연 속에서 펼쳐지는데, 이 가운데 세 개 대회를 완주한 사람은 전 세계에 스물일곱 명에 불과하다. 장애인으로는 내가 유일하다. (중국 고비 사막 마라톤 대회, 이집트 사하라 사막 마라톤 대회, 칠레 아타카마 고원 마라톤 대회, 남극 마라톤 대회를 세계 4대 극한 마라톤 대회라고 한다. 송경태 씨는 2005년부터 2008년까지 4개 대회

를 모두 완주하여 장애인으로는 세계 최초로 극한 마라톤 '그랜드슬램'을 달성하였다. -편집자 주)

불광불급(不狂不及)이라는 말이 있다. '미치지 않으면(不狂) 미칠 수 없다(不及).'는 뜻이다. 처음 마라톤을 시작할 때는 내가 이렇게까지 할 수 있으리라고는 생각하지 못했다. 그저 장애인도 할 수 있다는 것을 보여 주고 싶은 소박한 마음이었다. 그런데 달리다 보니 어느새 나는 죽음의 레이스를 완주하였다.

미치지 않으면(不狂) 미칠 수 없다(不及)

나의 '인생 마라톤'은 바로 사고로 두 눈을 잃은 1982년에 시작됐다. 총천연색 세상이 암흑으로 바뀌게 된 건 순식간에 일어난 사고 때문이었다. 7월의 어느 무더운 날, 공학도였던 내가 대학을 마치고 입대한 지 6개월 됐을 때 수류탄 폭발 사고가 터졌다. 파편이 온몸을 뒤덮었다. 6개월 동안 세 번이나 수술을 받았지만, 시력을 완전히 잃었다. '국가 유공자 실명 상이용사'가 된 것이다. 반년이 넘는 병원 생활을 마치고 고향으로 내려왔을 때 나에게 남은 것은 암흑보다 짙은 절망이었다. 보이지 않는 세상만큼이나 모든 것이 어두웠다.

2남 3녀 중 장남인 나는 가족의 멍에가 되고 싶지 않았다. 어머니가 남몰래 부엌에서 우시는 것을 나는 모르지 않았다. 차라리 내가 죽는 것이 가족에게는 나은 일이라고 생각했다. 화목했던 가족이 수심에 차 있는 모습을 보는 것이 나로서는 두 눈을 잃은 것만큼이나 슬펐다. 더 이상 짐이 되기 싫었다. 이 모든 게 나 때문이라고 생각했다. 죽기로 결심하고 여섯 차례 자살을 시도했다. 하지만 하늘은 죽음을 허락하지 않았다. 그러던 어느 날, 천주교 신자인 나에게 신부님이 찾아왔다.

신부님은 내게 '자살'이라는 두 글자를 계속 외치라고 말씀하셨다. 죽지 못해 안달이 나 있는 내게 왜 그런 말씀을 하시는지 이해가 안 됐다. 아무튼 하라는 대로 자살을 외쳐 봤다. "자살, 자살, 자살, 자살자살……." 어느 순간 '자살'이 '살자'로 들리기 시작했다. 신부님의 뜻을 그제야 알았다.

나는 그때 결심했다. 장애에 무릎 꿇지 않겠다고. 다시는 죽음을 생각하지 않겠다고. 그리고 주위를 둘러봤다. 대학에 열심히 다니는 어느 시각장애인 학생의 사연을 라디오로 접하고, 나도 할 수 있다고 마음을 다잡았다. 점자를 익혔고, 다시 대학에 들어갔다.

대학에서는 사회복지학을 전공했다. 4학년 때 한 달간 일본을 다녀왔다. 오사카, 도쿄, 고베 등을 둘러보면서 일본의 장애인 복지 수준에 감단할 수밖에 없었다. 우리나라와는 너무나도 달랐다. 그때 나는 장애인이 행복한 사회를 만들겠다고 마음먹었다.

그러나 현실은 만만치 않았다. 졸업과 함께 사회복지사 1급 자격증을 따고 취업문을 두드렸지만 나를 받아 주는 곳은 한 군데도 없었다. 장애 때문이었다. 보이지도 않는 사람이 무슨 일을 하겠냐는 것이었다.

오기가 생겼다. 월급을 받지 않기로 하고 한 점자 주간지에 기자로 입사했다. 국회든 법원이든 내가 갈 수 있는 곳이면 어디든 열심히 찾아다녔다. 취재처에서는 "어차피 못 보지 않느냐."면서 보도자료도 주지 않았다. 그럴 때는 자료를 줄 때까지 꼼짝도 않고 버텼다. 한 1년 정도 뚝심 있게 기자 생활을 했더니 그제야 '쓸 만하다'는 얘기가 들려오기 시작했다.

꼴찌로 도착해도 포기는 않는다

이후 본격적으로 사회복지 일을 하기 위해서 1991년 하상 복지회에 들어갔고, 하상 복지관 건립의 중심적인 역할을 하기도 했다. 1998년에는 고향으로 돌아와 장애인 복지와 환경운동에 매진했다.

2008년 12월 남극 마라톤을 완주함으로써 세계 4대 극한 마라톤 그랜드슬램을 이루었다.
장애인으로서는 세계 최초다.

2000년에는 사재를 털어 전주에 전북 지역 최초의 시각장애인 도서관을 열었다.

시각장애인 도서관을 열겠다고 결심한 것은 시각장애인이 공부하기가 얼마나 힘든지를 나 자신이 직접 경험했기 때문이었다. 사회복지학 석사 과정을 준비할 때는 도저히 그 많은 책을 다 읽을 수가 없었다. 그래서 사람들에게 한 열 장씩 나눠 주고 녹음을 해 달라고 부탁했다. 어떤 사람은 1년이나 지난 뒤에야 보내 주었다. 성적이 잘 나올 리가 없었다. 한번은 기말 리포트에서 0점을 맞기도 했다. 내가 겪은 이런 고통을 다른 시각장애인들은 경험하지 않게 하고 싶었다.

전북 시각장애인 도서관에서는 다양한 일들을 하고 있다. '찾아가는 이동 도서관'을 운영하고 『전국 여행 가이드북』과 『전북의 문화재』, 『아동문학 전집』 등을 점자판으로 제작했다. 2004년에는 국내 최초로 시각장애인을 위한 음성 웹사이트를 만들어 '신지식인'에 선정됐다. 2008년에는 『촉각 점자 그래픽 동물도감』을 제작해 화제가 되기도 했다.

'인생 마라톤'의 어려운 코스를 밟아 온 나로서는 누구보다 나 자신과 같은 처지로 뒤따라 달려올 국내 장애인들이 걱정이다. 내가 우산이 되어 그들이 비를 피하게 해 주고 싶다. 내가 열심히 사는 것을 보여 주고 이를 통해 사람들이 희망을 얻기를 바란다. 힘없는 약자들이 힘 있는 사람들에게 애원하는 것이 아니라 '법과 제도' 테두리 안에서 당당히 혜택을 받아야 한다고 생각한다. 이를 위해 2006년에 전주 시의원으로 당선되어 여성 장애인 출산 장려금 지원 등 장애인 권익을 위한 조례 제정에 힘쓰고 있다. 장애인의 대변자로 이 자리에 섰다는 생각을 하면 쉴 틈이 없다.

나는 지금껏 세 가지 꿈을 이뤘다. 바로 '결혼하는 것', '컴퓨터 잘 다루는 것', '대학 가는 것'이다. 이것을 모두 이루는 데 20년이 걸렸다. 그러나 아직도 남은 꿈이 많다. 극한 마라톤 그랜드슬램을 달성해 '희망의 홀씨'를 뿌리고 장애인의 인권과 복지 증진을 위한 활동을 할 궁리로 머릿속이 가득하다.

무엇보다 장애인과 노인 등 소외된 이웃들이 마음껏 즐길 수 있는 '희망 도서관'을 짓는 게 급하다. 다행히 전주 시내에 800평 규모의 부지를 마련하였다.

나는 나의 꿈들을 하나하나 현실로 만들어 가고 있다. 그 꿈을 이루어 가는 과정에서 어쩌면 마라톤보다 더 고된 현실의 벽을 마주할 수도 있다. 하지만 쉽사리 해낼 수 있다면 꿈도 꾸지 않았을 것이다. 꿈을 이루어 가는 그 길이 비록 사막과 같을지라도, 늘 꼴찌로 목적지에 도착하더라도 나는 포기하지 않을 것이다. 그것이 마라토너 송경태의 '인생 주법'이다.

송경태 1961년 전북 오수에서 태어났다. 전주 비전대학을 졸업한 뒤 군에서 수류탄 폭발 사고로 시력을 상실했다. 시각장애인이 된 후 점자를 익혀 다시 대학에 들어가 사회복지학을 공부했다. 2000년에 전북 시각장애인 도서관을 설립했고 2001년에 『전북 장애인 신문』을 창간했다. 2002년 '올해의 장애 극복상'을 수상했으며 2004년에는 '대한민국 신지식인'에 선정되었다. 2005년부터 지금까지 세계 4대 극한 마라톤 대회를 완주하여 장애인으로서는 세계 최초로 그랜드슬램을 달성했다.

30년 만의 외출, 그리고 기네스북

최창현

1995년, 처음으로 가족의 손을 빌지 않고 집 밖으로 나섰다. 뇌성마비 장애인을 위한 보치아(boccia, 목표물 가까이 공을 던지는 게임) 강습회가 가까운 복지관에서 열린다는 소식을 라디오로 듣고 여기저기 연락한 끝에 겨우 함께 갈 봉사자와 연결이 되었다. 그런데 난생 처음 세상으로 나간다는 두근거림보다 더 큰 것이 '화장실 걱정'이었다. 휠체어도 처음 타 보는 나로서는 봉사자에게 화장실 가는 일을 도와달라고 부탁한다는 건 생각조차 할 수 없었다. 할 수 없이 닷새 동안 물을 안 마시고 버텼다. 그때 내 나이 만 30세였다.

그로부터 약 10년 뒤, 나는 전동 휠체어를 입으로 조종해 유럽과 중동 등 세계 35개국을 횡단했다. 2006년 5월부터 2007년 12월까지 평균 시속 13킬로미터로 2만 8천 킬로미터를 여행했다. 나는 장애인 전동 휠체어 세계 최장거리 주행 기록을 세우고 기네스북에 올랐다. 1999년 1천500킬로미터 국토 종단을 시작으로 5천500킬로미터 미국대륙 횡단(2001년), 4천 킬로미터 일본열도 종단(2003년)까지 나의 드라마는 이전부터 계속 이어져 왔다.

장애인은 세상에 나 혼자인 줄 알았다

뇌병변 장애인인 나는 팔이 계속 떨린다. 그래서 전동 휠체어 양쪽에 붙어 있는 끈을 꼭 쥐고 있어야 한다. 발목도 벨트로 휠체어에 묶어 고정시켜야 한다. 태어날 때부터 장애가 있었지만 재활은커녕 하루하루 먹고사는 게 걱정이었다. 어머니는 보따리 장사를 하셨고, 시골에 계시던 할머니가 오셔서 우리 형제들을 돌봐 주셨다. 나는 그냥 온종일 누워 지냈다. 그런 내가 세상에 대해 무엇을 알았겠는가? 스무 살 무렵까지도 이 세상에 장애인은 나 혼자인 줄로만 알았다. 유엔에서 장애인의 해로 선포한 1981년 이후에야 텔레비전에 장애인의 모습이 비치기 시작했으니까 말이다.

20대에 접어들면서 고민이 심해졌다. 혼자서는 아무것도 할 수 없는 몸, 가족들에게 더 이상 부담을 주기 싫어서 시설로 들어갈 결심을 했다. 라디오에서 장애인 시설 이야기만 들리면 귀를 쫑긋 세웠고, 며칠을 수소문한 끝에 전화번호를 알아내 입소 조건을 물었다. 가족들의 반대가 만만치 않았지만 나는 고집을 꺾지 않았다. 마침내 면담하러 시설을 방문한 날, 나는 벼락에 맞은 듯한 충격을 받았다. 그곳의 장애인들은 한마디로 우리에 갇힌 짐승 같았다. 사는 게 아니라 사육당한다는 생각이 들었다. '이 사람들도, 나도 생명이 있는 존재인데……. 우리가 짐승은 아니잖아?' 나도 모르게 마음속으로 외쳤다.

나는 시설 입소를 포기하고(훗날 그곳은 비리 사실이 밝혀져 물의를 빚었다.) 집으로 돌아와 그때부터 인간다운 삶을 찾기 위한 공부에 매달렸다. 그전엔 장애인인 내가 어떻게 살아가야 할지를 고민했

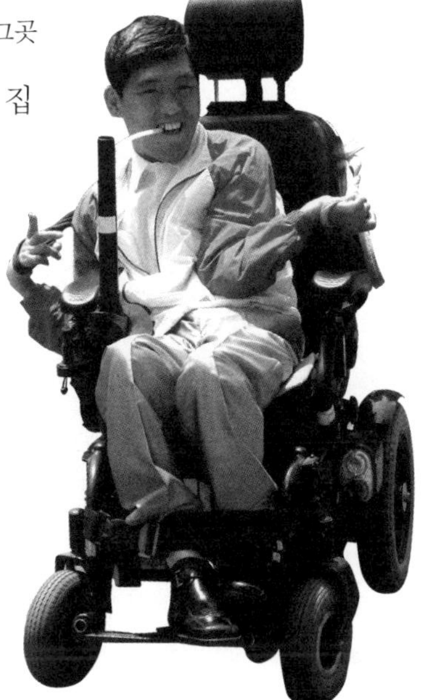

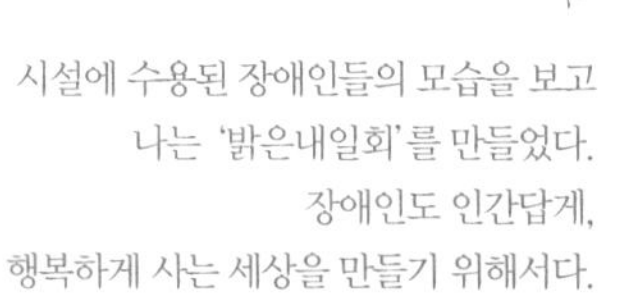

시설에 수용된 장애인들의 모습을 보고
나는 '밝은내일회'를 만들었다.
장애인도 인간답게,
행복하게 사는 세상을 만들기 위해서다.

지만, 그날 이후 생각이 완전히 바뀌었다. 나를 포함한 장애인들 모두가 행복하게, 인간답게 살기 위해서 무엇이 필요한지를 찾기 시작했다.

1996년 장애인 인권 개선을 위해 '밝은내일회'를 만들고 나는 활동가로 변신했다. 그 과정은 나 자신에게도 뜻밖이었다. 옆에서 누가 가르쳐 줘서 된 일이 아니었다. 시설에 수용된 장애인들의 모습을 보고 저절로 그런 마음이 들었다.

용변 처리를 도와달라고 말하기가 부끄러워 물을 마시지 않고 버텼던 숫기 없는 내가 장애인 인권을 위해서 삭발과 알몸 시위도 마다하지 않는 투사가 되었다. 또 겨울에는 꽁꽁 언 몸으로 군밤을 팔면서 중증 장애인 자립센터를 어렵게 꾸려 왔다.

'남북통일' 깃발 걸고 유럽 횡단

나의 관심은 장애인 문제에만 머무르지는 않는다. 이 때문에 장애인 활동가라는 내 정체성을 의심할 수도 있다. 그렇지만 사람들이 내게서 인간애라는 더 넓은 가치를 발견해 주었으면 좋겠다. 대표적인 예로 나는 2만 8천 킬로미터 유럽 횡단에서 '남북통일'을 첫 번째 깃발로 내걸었다. 통일이 정말로 중요한 문제이기 때문이다.

나는 허리가 잘린 분단국가인 우리나라를 장애인에 비유하고 싶다. 통일이 되어야만 우리 국민 전체가 건강하게 살 수 있다. 입으로 휠체어를 조종하며 어렵게 유럽을 횡단한 것도 통일을 바라는 내 절실한 마음이 세계 곳곳에, 북한 사람들에게까지 전해지기를 바랐기 때문이다. 장애인이기 전에 나는 사람이고 한국인이다. 그런데 참 이상하게도 내가 장애 극복을 이야기하면 누구나 당연하게 여기는데, 통일 문제를 꺼내면 "왜 중증 장애인인 당신이 그 얘기를 하느냐."고 이상하게 바라본다. 내게는 그런 시선이 더 이상하다.

나는 유럽과 중동을 가로질러 35개국을 여행했다. 그중 동유럽이 가장 인상적이었다. 경제적으로 낙후되고, 정치적으로도 전체주의의 그림자가 아직 남아 있는 곳. 그곳 사람들은 쉽게 마음을 터놓지 못하고 남을 경계한다고 들었는데, 이상하게 나만 나타나면 온 동네 사람들이 모여들었다. 젖먹이까지 둘러업고 나와서는 나를 보고 울면서 손을 흔들어 주었다. 왜 그런지 몰랐는데 나를 취재한 그곳 기자가 답을 알려 줬다. 그는 "당신 모습을 보고 우리가 지금까지 마음으로, 몸으로 자유롭지 못했다는 사실을 깨달았고, 자유와 평화가 얼마나 소중한지도 새롭게 느꼈다."면서 몇 번씩 나에게 고맙다고 했다.

2006년 유럽과 중동 횡단 중 아일랜드를 지나며 찍은 사진.
그다음 해까지 전동 휠체어를 타고 35개국 2만 8천 킬로미터를 달려 기네스북에 올랐다.

여행한 나나, 나를 본 그곳 사람들이나 서로 많은 것을 배운 1년 7개월의 대장정이었지만 보람과 기쁨보다는 슬픔이 더 컸다. 동행한 자원봉사 청년의 죽음 때문이다. 워낙 긴 여행인지라 네 번째로 교대한 자원봉사자였다. 숙소에 두고 온 수첩을 가지러 혼자 운전해 되돌아간 그 친구는 교통사고로 만리타국에서 세상을 떠났다.

한라에서 백두까지, 국토 종단을 꿈꾼다

방 안에 갇혀 30년을 살았지만 원망도, 후회도 없었다. 사회에 나온 뒤에는 고생도 했지만 보람도 많았다. 하지만 나 때문에 한 생명이 사라지고 나니까 모든 도전이 무의미하게 느껴지는 것은 어쩔 수 없었다. 등반가들은 동지를 잃으면 그 사람을 위해 다시 산에 오른다고 하는데, 나는 그릇이 작아서 그런지 한동안 실의에 빠져 헤어 나오지 못했다. 그런 나를 일으켜 세운 것은 밝은내일회 식구들이다. 지금 우리 센터에서는 네 사람이 독립생활을 지원받으며 살고 있다. 일자리 및 거주지 연결 등 다른 장애인을 위해 펼치는 사업도 많다. 언제까지나 울고만 있을 수 없는 노릇이었다.

요즘 내가 추진하는 것은 '한라에서 백두까지' 휠체어를 타고 우리 국토를 종단하는 프로그램이다. 북한 당국에 진작 협조를 요청

했지만 여태 답을 받지 못했다. 남한에서도 확실히 도움을 주는 곳은 아직 없다. 어렵기는 언제나 마찬가지다. 미국에 갈 때도, 유럽과 중동에 갈 때도 그랬다. 어려움은 각오하고 있지만, 이번 국토 종단만은 꼭 이루어지기를 그 어느 때보다 간절하게 바란다. 머나먼 이국땅에서 휘날렸던 남북통일의 깃발을 우리 땅에서 날리며, 나의 두 다리를 대신하는 휠체어로 우리 땅 전체를 밟아 보고 싶다.

최창현 1996년 대구에 장애인 활동단체 '밝은내일회'를 설립하고 중증 장애인 독립생활 지원센터를 운영하고 있다. 1999년 1천500킬로미터 휠체어 국토 종단을 시작으로, 미국 대륙 5천500킬로미터 횡단(2001년), 일본 열도 4천 킬로미터 종단(2003년)에 도전해 뜻을 이뤘다. 2006년부터 2007년까지 유럽과 중동 35개국 2만 8천 킬로미터 휠체어 횡단에 성공했다. 2008년 중증 장애인 전동 휠체어 부문 세계 기록 보유자로 기네스북에 올랐다.

산으로 간 '말아톤'

배형진

이 글은 어머니 박미경 씨가 아들 배형진 씨를 대신해 썼습니다.

"안녕하세요! 말아톤!"

"파이팅!"

등산로에서 만난 사람들이 형진이에게 인사를 건넨다. 형진이의 인기는 웬만한 연예인 못지않다. 귀찮게 느껴질 수도 있을 텐데 기특하게도 형진이는 사람들의 인사에 일일이 답을 해 준다.

사실 형진이는 마라톤보다 등산을 훨씬 먼저 시작했다. 산을 오르며 10년 남짓 체력을 키워 두었기에 마라톤 도전이 가능했다. 모든 일이 그렇지만, 등산도 처음에는 쉽지 않았다. 지금처럼 의젓하고도 유유히 산길을 오르게 되기까지는 많은 시간이 걸렸다. 천방지축 날뛰는 아이를 붙잡느라 남편과 내가 함께 따라다녀야 했다.

그런데 등산의 '효험'은 기대 이상으로 탁월했다. 울퉁불퉁한 길에서 넘어지지 않으려면 중심을 잡아야 하므로 균형 감각 발달에 많은 도움이 되었다. 특히 형진이는 산을 오르면서 자신을 통제할 줄 알게 되었다. 예전에는 힘들어도 힘들다고, 아파도 아프다고 표현하지 못했다. 요즘에는 자기 상태를 표현할 줄도 알고, 한 박자 쉬면서 조절하는 능력도 갖게 되었다.

마라톤은 잊고 즐기는 법을 배우자

산행은 형진이를 유명하게 만든 마라톤과는 여러모로 다르다. 결승점을 향한 '극기'의 질주와 자연을 온몸으로 느끼는 '여유' 있는 걸음은 반대되는 것인지도 모른다. 마라톤이 형진이에게 노력과 성취의 의미를 깨우쳐 주었다면, 좋아하는 노래를 부르며 낯선 사람들과 반갑게 인사하는 산행에서는 삶을 즐기는 방법을 배웠으면 한다.

아들과 함께 산길을 오르는 시간은 내게도 지난 세월을 뒤돌아보고 다가올 날들을 헤아려 보는 값진 시간이다. 한시도 눈을 뗄 수 없는 아들에게 험한 세상을 살아갈 방법을 찾아 주어야 한다며 매달렸던 내 마음도 조금씩 여유를 찾고 있는지 모른다.

전에는 형진이를 강하게 키워야 한다는 생각밖에 없었다. 스스로 삶을 챙길 힘을 길러 주기 위해서는 엄하게 이끌어야 한다고 나 자신을 다그쳤다. 그래서 아들에게 마라톤을 시켰고, "계모 아니냐?"는 소리도 들었다. 지금도 그걸 후회하지는 않는다. 하지만 이제는 '새로운 인생'을 꾸려가야 할 시점이라고 판단했다. 아이가 좋아하는 일을 할 수 있도록 길을 찾는 것도 중요하다는 생각이 든다. 아들과 함께 산을 오르며 자연스럽게 생각이 그쪽으로 흘러갔다.

'즐기는 삶'으로 아들의 인생 항로를 바꾸는 것은 쉬운 결정이 아니었다. 일을 통해 사회 속에서 자아를 찾는 것이 급선무라는 생각이 왜 없었을까. 형진이가 직업을 갖고 홀로 서게 하려고 많이 노력했다. 하지만 현실은 내 마음 같지 않았다. 다른 것은 그렇다 치고, 월급마저 제대로 나오지 않았다. 정부 보조금이 줄었다는 회사의 말은 납득하기 힘들었다. 결국 2008년 형진이는 4년에 걸친 직장생활을 마감했다.

다른 회사도 알아보았다. 하지만 형진이의 유명

2005년 제주도에서 열린 단축 마라톤 대회에 참가했을 때의 모습. 자신을 유명하게 만든 마라톤을 떠나 형진이는 이제 느긋하게 걸어가려 한다.

세에만 관심을 보여 미덥지 않았다. 무엇보다 형진이 본인이 일을 하기 싫다고 한다. 좋은 것은 좋다고, 싫은 것은 싫다고 표현하는, 말 그대로 아이처럼 순수한 형진이가 회사 얘기가 나오면 고개를 가로젓는다. 형진이의 마음은 어떤 신호를 보내고 있는 것일까?

손잡고 천천히, 나란히 걷는 삶

우리 가족은 2008년 8월 서울을 떠나 강원도 원주로 이사했다. 형진이는 아주 좋아한다. 집이 넓어 따로 자기 방도 생겼다. 나도 마음이 한결 편하다. 원주는 내 고향이라 친척들이 많다. 형진이도 이모와 외삼촌, 사촌들과 어울려 지내면서 회사에 다닐 때보다 많이 편안해 보인다. 이사를 한 가장 큰 이유는 형진이가 '즐기는 삶'을 제대로 살려면 생활이 달라져야 한다고 생각했기 때문이다. 그리고 그렇게 살기에 서울이라는 곳은 부적합하다고 느꼈다.

나는 지금껏 "형진이보다 하루만 더 살다가 죽는 게 소원"이라고 말해 왔다. 나에게 형진이의 존재는 그만큼 절박함을 주었다. 장애아를 둔 부모들이 모두 그렇겠지만, 나도 형진이 말고 다른 것에는 눈길을 보낼 여력이 없었다. 내 자식의 문제가 너무도 크다 보니까 다른 사람들의 아픔은 관심 밖이었다. 하지만 이제 비슷한 처지에

경기도 광주 남한산성으로 올라가는 길. 등산을 할 때면 형진이의 표정이 언제나 밝고 편안하다.

있는 사람들과 함께 '손잡고 천천히 걷는 삶'을 살고 싶다.

지금 형진이와 나는 인생의 항로를 부드럽게, 그러나 극적으로 바꾸는 중대한 전환점을 만들어 가고 있다. '나'를 넘어 '남'과 함께 '우리'가 되는 삶. 앞만 보고 달려왔던 우리 모자의 인생이 이제 좀 더 폭이 넓어졌으면 좋겠다.

즐기면서 행복해지는 방법, 삶을 단순화하여 도리어 더 많은 것을 누리는 방법. 아직은 그게 어떤 것인지 정확히 모르겠다. 우선은 산악 트레킹을 본격적으로 해 볼 생각이다. 또 형진이처럼 자폐를 가지고 있는 장애인을 위해 자원봉사에도 나서려고 한다.

'말아톤' 이후 제2의 인생이 어떨지 확신할 수는 없지만, 형진이가 전보다 더 행복해졌으면 좋겠다. 느긋하게, 천천히, 그러면서 다른 사람들과 함께 손잡고 나란히 형진이와 걸어가려 한다.

배형진 1983년 경기도 용인에서 태어났고 네 살 때 자폐 판정을 받았다. 2001년 춘천 마라톤대회에서 국내 장애인으로는 최초로 풀코스를 완주했다. 2002년에는 철인 3종 경기를 완주했다. 형진이를 모델로 한 영화 〈말아톤〉이 관객 500만 명을 동원하며 형진이도 함께 유명해졌다. 세브란스 국민 건강 마라톤대회, 말아톤 복지재단 홍보대사로 활동하고 있다.

'앙드레 김' 무대에 서고 싶다

김진희

1997년 3월, 결혼을 한 달 앞둔 스물여덟 살 행복한 예비 신부였던 나는 그날도 여느 때와 마찬가지로 직접 운영하던 미술학원으로 출근하고 있었다. 차를 운전하고 가는데 맞은편에서 오던 5톤 트럭이 중앙선을 넘어 내 차를 덮쳤다. 피할 틈도 없었다. 머리에서 뭔가 뜨거운 것이 흘렀고 웅성거리는 소리가 들렸다.

"젊은 여자가 안됐어. 어머, 어쩌면 좋아. 다리가 잘려 나갔네."

그때야 알았다. 교통사고를 당했다는 것을. 구급차가 오고 웅성거리는 소리 속에 어디론가 옮겨지는데, 꽤 멀리 간다고 느꼈다. 내 몸은 엉망이 되었다. 처참히 부서졌다고 표현하는 것이 맞을지도 모르겠다. 의사는 내가 피를 너무나 많이 흘려서 살 가망이 없다면서, 가족들에게 여러 차례 영안실로 데려가라고 했다. 살아 있는데 왜 죽었다고 하느냐고, 난 살아 있다고 말을 하려고 해도 온몸이 마치 묶여 있는 것처럼 말을 듣질 않았다.

의족을 만들러 영국까지 날아가다

뭔가 통했을까? 나의 미세한 움직임을 언니가 보았다. 나는 중환자실로 옮겨졌다. 두 달 만에 의식을 회복했지만 행복한 결혼의 꿈은 잘려 나간 왼쪽 다리와 으스러진 얼굴, 망가진 팔과 함께 일순간에 사라져 버렸다. 2년 넘게 병원에서 지내는 동안 다리는 의족에 맞추느라 세 번이나 수술하며 더 짧아졌고, 팔과 다리에는 인공 관절이 심어졌다. 얼굴도 스물여덟 번의 성형수술 끝에 예전과는 전혀 달라졌다.

이렇게 사느니 차라리 죽겠다며 여러 차례 자살을 시도해 부모님의 가슴에 못을 박았지만 질기고 질긴 목숨은 끊어지지 않았다. 결국 생각을 고쳐먹었다. 이런 모습으로도 살아 있다는 것은 뭔가 내가 할 수 있는 일이 있기 때문이 아닐까?

어느 날 언니가 내 머리맡에 신문을 하나 놓고 나갔다. 거기에는 에이미 멀린스(Amy Mullins)라는 장애인이 두 다리 없이 의족을 착용해 100미터 육상선수와 유명 패션 화보 모델로 활약 중이라는 기사가 실려 있었다. 희망을 갖고 수소문한 끝에 그가 다니는 병원이 재활의학으로 유명한 영국의 도싯(Dorset) 병원이라는 것을 알아냈다. 영어와 컴퓨터를 열심히 배워 도싯 병원에 이메일을 보내 내 처지를 설명하고 방문을 허락받았다.

의족이 계속 부러져서 힘들었던 나는 바로 영국행 비행기에 몸을 실었다. 엄마가 함께 가겠다고 했지만 결과가 좋지 않으면 마음 아프실 것 같아 나 홀로 떠났다.

동양인 최초로 도싯 병원을 찾은 나는 처음 진료 상담을 받던 날, 뜻밖의 이야기를 들었다. 우리나라에서 680만 원이나 들여 구입한 내 의족이 가(假)의족이라는 것이었다. 비싼 돈을 들여 마련한 의족이 영국에서는 임시로 착용하는 가의족이었단 말인가. 하늘이 무너지는 것 같고 배신감에 화가 났다.

새로 맞추는 의족은 1천500만 원이 족히 넘었다. 그래도 다시 설 수만 있다면 아깝지 않았다. 영국에서는 의족 제작을 제2의 창조 작업이라 했다. 담당 의사는 닭살인 내 피부는 물론 발뒤꿈치까지 꼼꼼히 살폈다. 새 의족을 착용한 후에는 스커트도 입고, 샌들도 신을 수 있을 거라고 말했다. 가슴이 설레었다.

국내외 장애인과 의료기 나누기 운동

의족이 만들어질 때까지 영국에서 한 달은 족히 기다려야 했다. 그 기간에 목발을 짚고 유럽의 여러 곳을 여행했다. 여행하면서 유럽은 장애인이 불편하지 않도록 편의시설이 완벽히 갖추어져 있다는 사실을 알게 되었다. 그전에는 보이지 않던 것들이 장애인이 된 후에야 비로소 눈에 띄었다.

잊지 못할 이 경험을 사람들에게 알려 주고 싶어 귀국 후에 본격적으로 컴퓨터를 배우고 홈페이지를 만들었다. 1년에 한 명도 좋고 2년에 한 명이라도 좋았다. 작은 정보라도 필요로 하는 사람들에게 알려 주고 싶었다. 치료 방법을 몰라 어둠 속에서 헤매는 사람들이나 제대로 된 휠체어, 의족, 의수를 구입하지 못해 고민하는 사람들을 위해 홈페이지(www.uk-ortho.co.kr)를 개설했다. 현재 하루 200~300명이 접속하는 이 홈페이지에는 내 여행기뿐만 아니라 의수, 의족에 대한 전반적인 정보도 모아 놓았다.

얼마 전까지 나는 인천에서 부모님과 함께 살다가 최근에 독립했다. 부모님이 언제까지나 내 곁에 있어 주시는 것도 아니고, 형제자매가 항상 나를 챙겨 줄 수도 없기에 가족들이 있을 때 홀로서기를 준비해야 한다고 생각했다. 더 중요한 이유는 늘어나는 휠체어를

내가 가장 역점을 두는 사업은 의수족 나눔 운동이다.
최근에는 캄보디아 등 제3세계로 나눔의 반경을 넓혀 가고 있다.

감당할 수 없었기 때문이었다.

나는 독거노인이나 가난한 상애인들에게 보장구나 의료기를 무료로 보낸다. 지원하는 물품은 휠체어를 비롯해 시가 사오십만 원 하는 침대 휠체어, 장애인 좌변기, 욕창 방지용 매트 등 가짓수도 많다. 한두 번 썼다가 사용하지 않는 물품들을 모아 수리해서 원하는 사람들에게 무료로 제공한다. 국내는 물론 오랜 내전으로 절단 장애인이 넘쳐나는 캄보디아에 지금까지 500점이 넘는 물품을 나누어 주었다.

물론 수리비용이 만만치 않다. 방송사 고정 패널로 출연하고, 잡지에 칼럼을 써서 번 돈을 몽땅 쏟아부었다. 미쳤다고 하는 사람도 있고, 언제까지 가겠느냐는 사람들도 있지만 그래도 나는 이 일이 즐겁다. 이제는 많은 분들이 나의 뜻을 이해해 주고 물품을 보내 주신다.

수리비용과 물품을 놓아 둘 곳이 없어 고민할 때 그동안 도움 요청에 묵묵부답하던 인천시가 뜻밖의 희소식을 안겨 줬다. 물품 보관 장소를 마련해 주겠다고 약속한 것이다. 처음 이 일을 시작했을 때 얼마 안 가서 그만둘 거라 생각한 사람들이 나의 끈질긴 근성을 지켜보다 두 손을 든 것이 아닐까 싶다.

한국의 '헤더 밀스'가 되리라

도싯 병원에서 영국의 유명한 장애인 인권 운동가 헤더 밀스(Heather Mills)를 알게 됐다. 비틀스의 멤버 폴 매카트니의 전 부인으로 더 잘 알려진 밀스는 일류 패션모델로 활약하다 교통사고로 한쪽 다리를 잃은 뒤 장애인 모델 활동을 하면서 코소보 등 분쟁 지역에 의수족 보내기 운동을 펼치고 있다.

한국에 돌아와 재활 훈련을 받던 중 밀스에게 '당신에 관한 기사와 자서전을 읽고 감동을 받았다.'는 이메일을 보냈다. 밀스는 '한국에서 온 편지를 받고 굉장히 반가웠다. 한번 방문해 달라.'는 답장을 보내 주었다. 나는 다시 영국 도싯 병원에 가서 밀스를 만났다. 미소가 아름다운 밀스에게 "나도 당신처럼 다른 장애인들을 돕고 싶다."고 말하자 밀스는 "용기를 내라."며 격려를 아끼지 않았다.

처음 사고를 당했을 때는 왜 내가 이렇게 되었는지 알 수 없어 죽고만 싶었지만, 지금은 좋은 일을 많이 하기 위해 사고를 겪었다고 생각한다. 외국의 장애인 모델들은 『라피도』나 『엘르』 같은 유명 패션지, 또는 알렉산더 맥퀸 같은 유명 패션 디자이너의 쇼에서 활동한다. 장애인이라고 해서 꼭 기능성 옷만 입으란 법 있나. 나는 장애인도 정말 아름답다는 말을 듣고 싶고, 아름다운 옷을 입은 모습

의족을 하고 스키도 탄다. 절단장애인협회에서는 매년 스키 캠프를 연다.

을 세상에 보여 주고 싶다. 그래서 연예인들이라면 한번은 서 보고 싶어 하는 앙드레 김 패션쇼에 서는 것이 내 소원이다.

한쪽 다리를 잃은 뒤 모든 걸 다 잃었다고 생각했다. 그러나 이제는 '이런 몸'으로라도 살아 있음에 감사한다. 이건 분명 나보다 더 힘들게 사는 장애인들과 나누며 살라는 운명의 메시지인 것 같아 휠체어와 의수족을 모아 보내는 일에 온 힘을 다한다. 의수족이나 보장구를 받은 분들이 고맙다고 인사를 전해 올 때마다 가슴에서 뜨거운 희열이 솟구친다. 그때마다 나는 자신에게 이렇게 말한다.

"살아 있어서 참 좋다."

김진희 1967년 인천에서 태어났다. 산업디자인학과를 졸업하고 의정부에서 미술학원을 운영하던 중 교통사고로 왼쪽 다리를 잃었다. 2000년 절단장애인 정보 교류 사이트 DECO를 개설하고 휠체어와 의족, 의수 등을 나누는 운동을 시작했다. 2006년에 절단장애인협회를 창립해 회장을 맡고 있다.

네 손가락으로 희망을 연주하다

이희아

"연애도 결혼도 진실함이 바탕이 되지 않으면 하지 않을 거예요!"

아직까지 나를 앳된 소녀로 아는 사람들이 많지만, 내 나이도 벌써 스물다섯 살이다. 그래서 그런지 요즘엔 사랑에 대해서 많이 생각한다. 나는 사랑은 상대방의 외모나 돈이 아니라 그 사람의 진정한 마음을 알아주는 것이라고 믿는다. 사람 자체를 사랑하지 않고 조건만 본다면 얼마나 불행할까?

당연히 내게도 첫사랑이 있었다. 초등학교 6학년 때 같은 피아노 학원에 다녔던 아이였다. 내가 먼저 그 아이를 좋아했다. 그 아이는 내가 연습할 때 다른 아이들이 놀리면 "너도 한쪽 손가락이 두 개 돼 볼래! 그러면 좋겠어?"라고 친구들을 혼내 줬다. 풋사랑의 기억으로 남은 그 믿음직한 친구는 아쉽게도 전학을 가 버렸지만, 사람이 사람을 아낀다는 것이 어떤 의미인지 내게 가르쳐 주었다.

여섯 달 걸린 내 인생의 첫 곡 '나비야'

나는 간호사인 어머니와 군인인 아버지 사이에서 태어났다. 어머니는 임신 5개월경에 내가 기형이라는 사실을 알았지만 낳기로 결심했다. 나는 남들과 조금 다른 모습으로 태어났다. 손가락이 네 개뿐인데 그중 관절이 있는 손가락은 한 개뿐이었다. 무릎 밑으로도 다리의 '흔적'밖에 없었다. 해외로 입양을 보내라는 사람도 있었다지만 어머니는 나를 포기하지 않았다. 어머니는 나를 '하늘이 주신 특별한 선물, 다른 사람들을 위해서 빛이 될 아이'로 여겼다고 내게 자주 말씀해 주셨다.

일곱 살이 되던 해, 어머니는 내가 음악을 통해서 행복하기를 바라는 마음으로 피아노를 가르쳤다. 처음에는 건반을 눌러 소리 내는 것도 힘들었다. 손가락 기형뿐만 아니라 선천성 혈관 장애로 뇌의 활동이 원활하지 않았던 내가 두 손을 한꺼번에 움직여 피아노를 치는 일은 기적에 가까웠다.

나는 매일 10시간이 넘게 피아노 건반을 두드렸고, 어머니는 '계

장애인학교인 주몽학교 졸업식 때 어머니와 함께.
어머니는 임신 때 내가 기형이라는 사실을 알고도 나를 포기하지 않으셨다.

모' 같다는 말을 들으면서도 나를 가르쳤다. 어린 마음에 싫다고 울어도 소용없었다. 어머니는 '주어진 조건' 아래서 최선을 다한다는 것이 어떤 의미인지 가르쳐야 한다고 생각하셨다. 꼬박 반년을 매달려서 연주한 내 인생의 첫 곡은 바로 〈나비야 나비야〉였다.

하지만 피아노로 세상에 내 이름을 알리기까지는 힘든 일이 많았다. 초등학교 졸업을 앞두고 친구와 말다툼을 하다가 친구가 던진 물건에 맞아 머리를 크게 다쳤다. 한동안 피아노 앞에 앉을 수 없었다. 그러다 보니 자연히 피아노와 멀어졌고, 어느새 피아노가 보기도 싫었다.

그렇게 피아노와 헤어질 수도 있었을 텐데, 내 운명이 그건 아니었나 보다. 한참 절망에 빠져 있을 때 세상에 나의 사연이 소개되면서 온 국민의 관심과 응원을 받았고, 그 힘으로 다시 건반을 두드리게 되었다.

내 꿈은 '한국의 헬렌 켈러'

사실은 더 이상 나의 과거, 힘들었던 기억, 장애에 얽힌 아픈 사연을 들추는 게 싫다. 그런 질문은 너무 많이 들어 지겹다. 대답하기도 짜증 난다.

사실 지금 나의 고민은 따로 있다. 대한민국 국민의 한 사람으로서 나도 우리나라에 대해 많이 생각한다. 미국산 쇠고기 문제 때문에 나라가 시끄러웠을 때 나 역시 화도 나고 걱정을 많이 했다. 독도 문제도 마찬가지다. 답답한 마음에 일본 정부에게 보내려고 편지를 썼다. 일본에 사는 지인을 통해 일본어로 번역을 해 두기까지 했다.

얼마 전에는 한 인터넷 신문과 인터뷰하면서 이명박 대통령께 보내는 편지를 공개했다. 제헌절에는 대통령께서 초심으로 돌아가서 잘해 주셨으면 좋겠다는 글을 청와대 홈페이지에 올리기도 했다.

음악과 예술, 추억과 포부 같은 '말랑말랑' 한 얘기만 기대하던 사람들은 나의 입에서 정치, 외교 문제가 쏟아져 나오면 어리둥절한 표정을 짓는다. 왜 그게 이상할까? 나는 그저 평범한 이 시대의 젊은이일 뿐인데. 아니다. 평범하지 않을지도 모른다. 어릴 적 나의 장래 희망은 '애국자' 였을 정도니까.

지금은 '한국의 헬렌 켈러' 가 되는 게 나의 꿈이다. 때로는 아름다운 음악으로, 때로는 날카로운 시선으로 이웃과 사회에 힘이 되고 싶다.

세상을 향한 네 손가락 연주

군인이던 아버지는 작전 도중 척추를 다쳐 장애인이 되었다. 아버지가 어머니와 만난 곳도 병원이었다. 그때 어머니는 병원에서 간호사로 일하고 있었다.

아버지는 나를 한줄기 빛과 같은 존재라고 하셨다. 세상과 당당히 맞서는 내 모습을 대견해 하셨다. 나는 그저 그러려니 했을 뿐, 아버지의 마음을 깊이 이해하지는 못했다. 지난 2000년 아버지가 돌아가시기 전에 컴퓨터에 남겨 두신 글을 읽고서야 무슨 의미인지 깨달았다.

"희아가 장애 때문에 멸시받는 게 싫어서 밖에도 나가지 못하게 했다. 나는 장애인이 되고 나서 사회의 멸시와 열등감에 늘 시달렸다. 희아의 모습을 보면서 그 한을 풀었다."

2004년 내가 입양될 뻔했던 나라인 캐나다에서 연주회를 열었다. 공연장은 300~400석 규모였는데 입석까지 가득 찼다.

연주회장을 찾은 한 캐나다인이 "내가 장애아를 낳았다는 사실에 처음으로 행복을 느꼈다."라며 나를 힘껏 안아 줬을 때, 나는 음악의 힘으로 세상에 희망을 전해야겠다고, 이 일이 평생 나의 소명이라고 생각했다.

건반을 두드릴 수 있는 네 손가락이 있어 나는 행복하다.

나를 빛줄기로 보셨던 아버지를 위해 더 밝은 빛이 되고 싶다. 장애아를 낳은 것이 행복임을 처음으로 알았다고 말해 준 먼 나라 사람을 위해 더 많은 사람에게 행복을 전하고 싶다. 이 땅의 장애인과 비장애인 모두와 함께 행복을 나누고 싶다. 앞으로 동티모르, 아프리카, 캄보디아같이 어려운 환경에서 고통받는 전 세계 사람들에게 음악으로 희망의 씨앗을 퍼뜨릴 계획이다.

궁리만 하는 것이 아니라 조금씩 행동에도 나서고 있다. 2007년 9월에는 내가 아이디어를 내어 '북측 장애인을 위한 음악회'를 열었고, 공연 수익금으로 550대의 휠체어를 북한에 보냈다. CD와 책을 판매해서 얻은 수익금은 북한 장애인을 위한 항생제, 의료기구 지원금으로 기부한다. 중국 쓰촨 성에서 큰 지진이 났을 때는 중국 충칭에서 연주회를 열어 성금을 모금하기도 했다.

나는 장애는 불행이 아니라고 말하고 싶다. 많은 장애인들이 불만과 절망에 빠져 헤어나지 못하고 있다. 비장애인 역시 행복에 이르는 길을 찾지 못하고 주저앉는 일이 허다하다.

내 손가락은 네 개다. 억지로 갖다 붙인다고 해도 열 개가 될 수는 없다. 나는 내게 주어진 네 개의 손가락으로 최선을 다해서 연주를 한다. 무엇보다 중요한 건 현재 나의 조건에서 최선을 다하는 것이다. 내 손가락은 네 개뿐이지만 건반을 두드릴 수 있는 그 네 손가락이 있어서 나는 행복하다. 나의 손가락은 늘 승리의 'V' 자를 그리고 있다.

이희아 1985년 서울에서 태어났다. 날 때부터 양손에 손가락이 두 개씩이고 무릎 아래 다리가 없는 사지 기형 1급 장애인이다. 어머니의 지도로 일곱 살 때부터 피아노를 치기 시작해 지금은 '네 손가락의 피아니스트'로 유명하다. 1993년과 1994년 전국장애인예술대회에서 최우수상을 받았다. 1999년에는 장애극복 대통령상을 수상했다. 국내뿐 아니라 중국과 미국, 캐나다 등 세계로 무대를 넓혀 왕성한 연주 활동을 펼치고 있다.

너는 멋지고 아름답다

곽정숙

깊은 밤, 나는 큰 거울 앞에 서 있었다. 옷을 모두 벗고 알몸으로 서서 거울 속의 내 모습을 들여다보았다. 스무 살 때였다.

나는 고개를 흔들며 말했다.

"아닌데요? 멋지지도 아름답지도 않아요. 절대 아니에요."

어디선가 목소리가 들려왔다.

"다시 찬찬히 보아라."

마찬가지였다. 130센티미터인 키도 그대로, 굽은 등도 그대로, 야윈 팔다리도 그대로였다. 이런 몸이 어디가 아름답다는 것인가. 하지만 목소리는 계속 들려왔다.

"내가 보기엔 참으로 예쁘구나. 너는 어떠냐? 다시 보아라."

"예쁘지 않아요!"

"다시 자세히 보아라. 참 멋지구나."

벗은 몸으로 거울 앞에 서다

이상한 일이었다. 차츰 내 몸이 다르게 보이기 시작했다. 굽은 등이 더 이상 부끄럽지 않았다. 예쁘지는 않지만 자세히 보면 평범하지 않고 뭔가 독특한 느낌이 들었다. 싫고 부정하고 싶은 마음보다는 안쓰러운 마음이 일었다. 나는 거울에 비친 내 모습을 바라보며 얼굴을, 등을, 가느다란 팔을 만져 봤다. 웬일일까? 내 몸이 정말 멋있어 보이는 게 아닌가!

창조주가 이 세상을 만드신 뒤 그 모습을 보고 기뻐하셨다는 말씀이 있다. 나를 만드신 신은 내 모습을 보고도 기쁘셨을까? 대답이 궁금해서 거울 앞에 알몸으로 선 그날 밤을 뜬눈으로 새우고, 나는 다음 날 새벽 생애 처음으로 대중목욕탕에 갔다. 벗은 몸을 남에게 보이다니, 전 같으면 생각도 할 수 없는 일이었다.

나는 다섯 살 때 결핵성 척추염을 앓고 척추장애인이 되었다. 부모님 덕분에 다행히 병을 일찍 발견해 수술과 약물로 치료했기에 그나마 휠체어에 의지하지 않고 걷는다. 지금이야 이만하길 다행이라고 진심으로 생각하지만 철없는 사춘기엔 그렇지 않았다. 툭하면 쓰러지는 허약한 몸 때문에 휴학을 반복하면서 동급생들과 학년이 달라져 친구도 제대로 사귀지 못했다. 나 자신이 가족과 이웃에게 부담스러운 존재라는 점을 참을 수가 없었다. 흘러내리는 눈물로 내 베개는 늘 축축히 젖어 있었다.

스무 살 때, 신앙을 통해 장애가 있는 내 몸에서 아름다움을 보았다. 그날 새벽에 대중목욕탕을 찾은 것이 내게는 새로운 세상으로 나가는 출정식과 같았다. 나의 장애 이외에는 아무것도 보이지 않던 내 눈에 다른 사람들, 특히 장애 때문에 아파하고 절망하는 장애인들이 보이기 시작했다. 나는 나의 밖으로, 내가 갇혀 있던 장애의 굴레 밖으로 힘차게 뛰어나갔다.

'당사자'라는 말은 참 중요하다. 어디서 어떤 아픔을 느끼는지, 문제를 해결할 방법은 무엇인지 당사자보다 더 잘 아는 사람은 없다. 그리고 당사자가 주체가 되어야 그 문제를 올바로 해결할 수 있다.

나에게 장애는 '나를 나누는 능력'을 뜻한다. 가족으로부터 독립해 공동체에서 생활하면서부터 적극적으로 다른 장애인을 만나러 다녔다. 예전의 나처럼 세상과 등지고 눈물로 세월을 보내는 장애인이 있다는 얘기를 들으면 그에게 달려갔다. 만나서 마구 큰소리

2009년 12월 9일 국회 본청 앞에서 야당 장애인 국회의원들과 장애인단체 사람들이 모여
2010년 장애인 예산 증액을 촉구하는 기자회견을 열었다.
이것이 장애인 국회의원으로서 내가 해야 할 일이다.

를 쳤다.

"장애가 뭐 어때서요? 못 걸으면 휠체어 타면 되지. 이렇게 앉아서 울고만 있으면 뭐가 달라지나요?"

비장애인이 이런 얘기를 하면 설득력이 있을까? 내가 같은 장애인이니까 상대방도 마음을 열고 귀를 기울인다. 내게 장애가 있으니까 거부당하지 않는다. 장애 덕분에 나는 다른 사람과 삶을 나누는 능력을 갖게 되었다.

스무 살 때 대중목욕탕에 간 일을 시작으로 나는 거리낌 없이 세상 속으로 들어갔고, 한 기독교 단체가 만든 중증 여성 장애인 공동체에서 1987년부터 20년 정도 생활했다. 광주에 있는 실로암 재활원이 그곳인데 나는 국회로 들어오기 직전 그곳 원장으로 일했다.

거기서 만난 많은 여성 장애인들은 나를 따라 줄줄이 목욕탕에서 알몸을 드러냈고, 당당히 사람들 속으로 들어갔다. 연애에도, 결혼에도, 취업에도 적극적으로 나섰다. 장애는 부끄러움이 아니라 강한 개성이기도 하다는 사실을, 장애 여성은 무성적(無性的) 존재가 아니라 분명히 성적(性的) 존재라는 사실을 서로 배웠다.

장애 여성을 차별하지 않는 그날까지

나는 몹시 운이 좋은 사람이다. 나와 비슷한 시기에 같은 병을 앓은 이들 중에는 끝끝내 자리에서 일어나지 못한 사람도 많다. 병을 늦게 발견했거나 가정 형편 때문에 치료 시기를 놓친 이들은 나보다 훨씬 심한 장애를 떠안아야 했다. 옆에서 돌봐 줄 사람이 없으면 학교도 다니지 못했다. 나는 장애 때문에 오히려 과분한 사랑을 받고 자랐다. 다른 형제들은 보리밥을 먹어도 나는 흰쌀밥을 앞에 두고 밥투정하는 호사를 부렸다. 중학교 다닐 때, 어머니가 점심 도시락 대신 별식으로 라면을 끓여 식을세라 뜨거운 냄비를 가슴에 품고 학교에 오신 일도 있었다.

장애 여성 공동체에서 같은 처지의 여성들과 함께 생활하고 부딪치며 고통과 꿈을 나누었던 것도 행복한 일이다. 내가 혼자가 아니라는 사실, 해야 할 일이 있다는 사실, 세상 속에서 살아가야 한다는 사실을 배울 수 있었다. 공동체 생활을 통해 다른 장애 여성들과 삶을 공유한 경험이 장애인 인권운동으로 이어졌다. 1999년에 광주여성장애인연대를 세웠고, 이후에 전국 조직인 한국여성장애인연합 상임대표로 일했다. 이와 함께 장애인 차별금지법 제정 추진연대 상임 공동대표로 뛰며 장애인 차별금지법 제정을 이끌어 냈다.

국회 의원회관의 내 사무실에는 이 캐리커처가 놓여 있다.
장애 여성 모두가 이렇게 활짝 웃는 세상을 만드는 게 내 꿈이다.

어떤 사회가 행복한 사회일까? 답은 그리 복잡하지 않다. 가장 약한 사람의 인권이 보장되는 사회에서 살 때 우리는 모두 행복해진다. 장애 여성은 약자 중에서도 최약자이다. 동등한 인간으로 대우받지 못하고, 여성으로도 인정받지 못한다. 무력하고 무성적인 존재로 세상의 온갖 잔인한 폭력 앞에 노출되어 있다.

지금 나는 대한민국 18대 국회의원이다. 민주노동당 비례대표 1번으로 국회의원이 되었다. 정치인이 되고 싶지도 않았고 국회의원이 되겠다고 생각해 본 적도 없었기 때문에 부족한 점이 많다. 하지만 내가 하고 싶은 일, 해야 할 일은 분명하다. 나는 누구를 대표하는가? 바로 여성 장애인이다.

여성 장애인 당사자로서 국회에서 반드시 해야 할 일이 적지 않고, 그것이 바로 많은 사람이 나를 국회의원으로 만들어 준 이유일 것이다. 그중에서도 내가 가장 중요하게 생각하는 일은 여성 장애인 지원법의 제정이다. 장애 여성의 생애 주기별로 제도적 지원이 이루어지도록 법을 만들고 환경을 정비하기 위해 나는 최선을 다할 것이다.

국회의원이 되었다고 해서 그 이전과 크게 달라질 것은 없다. 평범하고 성실하게 살며 소수자의 편에 선다는 지금까지의 원칙을 지키고 장애 여성계를 대표하는 국회의원으로 열심히 일하겠다는 각오를 다질 뿐이다.

곽정숙 1960년 전남 나주에서 태어났다. 한국여성장애인연합 상임대표, 광주여성장애인연대 상임대표, 장애인 차별금지법 제정 추진연대 상임 공동대표, 실로암 재활원 원장을 지냈다. 광주대학교 대학원에서 사회복지학 석사 학위를 받았다. 2008년 5월 제18대 민주노동당 국회의원이 되었다.

다윗의
작은 돌멩이

●

윤석인

안녕하세요? 저는 윤석인(예수다윗보나) 수녀입니다. 제게 이런 기회를 주셔서 감사해요. 여기에 또 무슨 뜻과 인연이 있을까 궁금해하면서 기도했지요. 늘 제가 이렇게 불편한 몸으로 사는 까닭이 무엇일까 되뇌어 보곤 하는데, 오늘 이 만남도 아마 그 이유와 관련이 있는 것 같아요.

왜 하필 나일까?

이야기를 시작해 볼까요? 저는 1950년 4월에 대전에서 '전쟁둥이'로 태어났어요. 다섯 살 때 서울로 이사 와서 안암동 고려대학교 뒤편 작은 한옥 마을에서 살았지요. 아버님은 농업은행(현 농협)에서 일하시는 청백리 스타일의 은행원이었어요. 일제강점기에 보성전문학교(고려대학교 전신)를 나온 인텔리였고, 학생 때는 럭비 선수를 할 정도로 건강하셨어요. 그 피를 이어받아서인지 저도 어렸을 때 줄넘기를 하면 두 뼘이 넘도록 높이 뛰었고 높은 곳에서 뛰어내리기를 좋아했다고 해요.

초등학교 5학년 때, 하루는 목이 뻣뻣해서 병원을 찾았어요. 부모님께서는 동네 의사 선생님의 말씀처럼 제가 그냥 밤에 잠을 잘못 잔 탓이라고 생각하셨어요. 초등학교 5학년 꼬마가 노인들이나 걸리는 류머티즘성 관절염에 걸렸으리라고 어떻게 생각하겠어요. 안심하고 집에 돌아왔는데 날이 갈수록 몸이 더 아파 오고 본격적으로 마비가 시작되었어요. 다시 병원을 찾았지요. 결국 '급성 소아 류머티즘'이라는 진단을 받았어요.

입원, 휴학, 투병 생활까지, 모든 과정이 순식간에 이어졌어요. 류머티즘성 관절염은 온몸의 관절에 있는 연골이 삭아 없어지고 나중에는 뼈들이 붙어 버리는 무서운 병이에요. 몸을 조금이라도 움직이면 뼈와 뼈가 갈리는 끔찍한 통증이 찾아와서 우느라 밤에 잠도 이루지 못할 정도였답니다. 그런데 지금은 아팠던 기억이 잘 나지 않아요. 너무 아파서 그 고통의 기억을 무의식에 밀어 넣은 것 같아요. 그러고 보면 인간의 망각이란 참 좋은 거지요?

발병한 지 5년 만에 통증은 사라졌지만 온몸의 뼈가 굳어 버려서 저는 평생 누워서 지내야 하는 장애인이 되었어요. 학교에는 다시 갈 수 없었고 서른 살이 될 때까지 집에 누워만 있었죠. 자상한 언니 오빠들이 있었지만 저는 어둠 속에서 완전히 혼자였어요. 유일한 취미이자 할 일은 집에 있는 책을 읽는 일이었죠.

자식들 교육에 관심이 많으셨던 아버지께서는 대청마루 한쪽 벽에 책장을 짜서 책으로 가득 채워 주셨어요. 그 많은 책을 무슨 뜻인지도 모르면서 읽어 댔죠. 100권짜리 세계 문학 전집을 독파하고, 셰익스피어의 희곡은 물론 소네트까지 다 읽었어요. 언니 오빠들에게 도움을 받아 영어 공부도 열심히 해서 10대 후반에는 영어로 된 『북경에서 온 편지』를 사전을 찾아 가면서 읽을 정도였고요. 한문 공부도 열심히 해서 철학 책을 봐도 웬만한 말은 다 해독할 수 있었죠. 남들처럼 학교를 다니지는 못했지만 독서를 통해 간접적으로나마 넓은 세상을 만나고 사람들의 삶을 이해하는 기본 소양을 닦은 것 같아요.

20대로 넘어가면서 저는 점점 깊은 어둠 속으로 빠져들어 갔어요. 인생에 대해 깊은 물음이 끝도 없이 떠올랐지요. 나는 무슨 이유로 이렇게 몹쓸 병에 걸렸는지, 앞으로 한평생 누워서만 살아야 하는지, 많은 사람 중에 하필이면 왜 나인지, 도무지 알 수가 없었어요. 이런 질문을 끝없이 던지다가 천장을 바라보며 죽는 방법을 연구했지요. 별 방법을 다 생각해 보았지만 겁이 나서 차마 시도는 못했어요.

그림에 대한 열정, 그리고 회의감

어느 날 책장에 놓여 있던 낯선 책을 발견했어요. 교부들의 신앙을 다룬 그 책은 초보자를 위한 가톨릭 입문서였어요. 가톨릭을 믿는 아버지 친구 분이 가지고 오신 거였죠. 한참 동안 삶과 죽음에 대해 고민하던 제게 그 책은 강렬한 느낌과 함께 새로운 깨달음을 주었어요. 초월자를 통해서 인간의 영혼이 궁극적으로 갈구하는 부분을 채울 수 있다는 걸 알게 되었지요. 그래서 생각했어요. '아… 내가 삶을 좀 더 견뎌 보고 정말 견딜 수 없게 되면 가톨릭으로 가야지.'

30대로 접어들면서 더 이상 무기력하게 살아서는 안 되겠다고 생각했어요. 세상에 도움이 되려면 무언가 일을 해야겠다는 생각이 들어 어머니께 말씀드렸어요. 그래서 플라워 디자인과 빵꽃공예(빵가루 따위로 꽃, 과일, 인형 등의 형태를 만드는 것)를 배웠어요. 저는 누워

침대형 휠체어에 누워서 ‘영의 태양’이라는 그림을 그리는 모습.

지내니, 어머니가 학원에서 배워 오시면 제가 어머니에게 다시 배우는 방식이었어요. 어느 정도 배운 후에는 만든 것을 여기저기 아는 사람들에게 팔았어요. 하지만 어느 정도 판매가 된 후로는 더 이상은 팔리지 않더라고요.

그래서 1980년 1월부터 그림을 배웠어요. 그전에도 만화를 흉내 내 조카들에게 로봇이나 공주를 곧잘 그려 주곤 했거든요. 우리 집으로 막 시집 온 큰올케가 누워 지내는 저를 보고 그림을 본격적으로 배워 보라며 그림 선생님을 소개해 줬어요. 비용은 언니 오빠들이 댔고요. 그림 선생님은 홍익대학교 미대를 다니던 남학생이었는데 우리 집으로 개인 교습을 왔어요. 저는 앉기도 힘드니까 소파에 기대어 그림을 그릴 수 있도록 오빠들이 나무로 보조기구를 만들어 주었지요.

첫 6개월 동안은 아그리파, 줄리앙 석고상을 보고 데생만 했어요. 수백 장을 그려 나중에는 눈을 감고도 그릴 정도가 됐지요. 데생이 끝난 후에는 수채화로 아그리파, 줄리앙을 수개월 동안 그렸고, 그 다음엔 유화도 배웠어요. 나중에 선생님이 그러시더군요. 처음에 저를 보았을 때는 '며칠 하다가 말겠지.' 하고 생각했는데 1년 이상 끈질기게 그리는 것을 보고 놀랐다고요. 그리고 그림에 소질이 있다고 평가해 주었어요. 너무 기뻤지요. 스스로 기특하기도 했고요.

저는 열심히 그림을 그렸어요. 사람도 그리고, 자연도 그리고, 제가 그리고 싶은 것은 모두 그려 보았어요. 하지만 얼마 지나지 않아 슬럼프에 빠졌어요. 그림 그리기는 무척 재미가 있었지만 회의감이 밀려왔지요. 이렇게 그림을 그려서 뭐하나 싶었어요. 제가 피카소가 아닌 이상 역사에 길이 남을 걸작을 그릴 것도 아니잖아요.

"저 사람에게서 놀라운 일을 드러내려는 것"

바로 그때 몇 년 전에 읽었던 가톨릭 입문서가 떠올랐어요. 또 견딜 수 없을 때 가톨릭으로 가야겠다고 생각했던 것도 기억이 났죠. '지금이 바로 그때다.' 싶었어요. 그래서 어머니께 성당에 가고 싶다고 말씀드렸죠. 우리 집은 불교 집안이라서 어머니는 약간 꺼리셨지만 제가 소원이라고 사정을 해서 성당에 나가게 되었어요. 6개월간 통신 교리 과정을 밟고 1982년 3월 2일에 천주교 영세를 받았지요. 제가 이동하기가 불편하니까 신부님께서 직접 집으로 오셔서 세례를 주셨어요. 그리고 누워서 꼼짝 못 하고 사는 저를 위해 대모님을 두 분이나 정해 주셨어요.

성당에서 만난 분들은 모두 저를 따뜻하게 대해 주셨어요. 저로서는 가족이 아닌 사람들과 맺는 최초의 인간관계였는데 좋은 분들을 만나 참 다행이었죠. 많은 분의 도움을 받아 택시를 타고 간이 의자에 바퀴를 달아서 야유회도 다니고, 미술관도 가고, 장애인 모임에도 다녔어요. 하지만 즐겁게 세상을 돌아다니면서도 내가 왜 태어났는지, 하필이면 내가 왜 장애를 갖게 되었는지에 대한 물음은 풀리지 않고 계속 마음속에 있었지요.

한번은 장애인들만 참석하는 피정(일상을 벗어나 성당이나 수도원 등에서 묵상·기도 등을 하는 일)에 갔어요. 그곳에서 처음 만난 신부님이 다가오시더니 제 손을 잡고 이렇게 말씀하시더군요.

"자매님, 저를 위해 기도해 주세요."

저처럼 비참한 사람이 거룩한 성직자를 위해 기도하다니! 저의 가치체계를 완전히 전복하는 말씀이었어요. 그때까지 저에게 장애는 켜켜이 쌓인 업보였고 부인할 수 없는 현실이었거든요. 이때 제게 성경 한 구절이 다가왔어요.

예수께서 길을 가시다가 태어나면서부터 눈먼 소경을 만나셨는데 제자들이 예수께 "선생님, 저 사람이 소경으로 태어난 것은 누구의 죄입니까? 자기 죄입니까? 그 부모의 죄입니까?" 하고 물었다. 예수께서는 이렇게 대답하셨다. "자기 죄 탓도 아니고 부모의 죄 탓도 아니다. 다만 저 사람에게서 하느님의 놀라운 일을 드러내기 위한 것이다."
–요한복음 9장 1절~3절, 『공동번역 성서』

정말 놀라웠어요. 성서 속 이야기는 바로 제 이야기였으니까요. 제가 늘 궁금하게 여겼던 질문과 답이었으니까요. 수백 권 책을 읽어도, 숱하게 그림을 그려도 알 수 없었던 제 인생의 답을 발견했으니까요.

해답을 찾은 저는 용기를 내었어요. 1986년 가을, 서울 대교구 박성구 신부님께서 장애인 기도 공동체인 '작은예수회'를 하신다는 소식을 듣고 찾아갔지요.

"제가 여기 와서 살아도 될까요?"

"와도 된다. 내일 와라."

마음 같아서는 바로 들어가고 싶었지만, 그다음 날 바로 가진 못했어요. 어머니를 비롯해 가족들의 걱정과 반대가 컸거든요. 1년 넘게 설득한 끝에 허락을 받고 집을 나와 공동체 생활에 합류했지요.

'작은예수회'는 1984년 박성구 신부님께서 의지할 곳 없는 한 장애인 부부를 만나면서 시작되었어요. 신부님께서 그 부부를 위해 경기도에 보금자리를 마련해 주셨는데 그들과 기도회와 미사를 계속하면서 비장애인과 장애인이 함께 수도 생활하는 공동체를 만들어야겠다고 생각하셨대요. 그래서 만드신 게 바로 '작은예수회'였지요.

'작은예수회' 공동체 생활은 힘들기도 했지만 무척 즐거웠어요. 박성구 신부님은 장애인을 비장애인과 똑같이 대하셔서 저는 주일 미사는 물론이고 평일 새벽 5시에 열리는 새벽 미사도 참가해야 했지요. 유난히 아침잠이 많은 저는 무척 힘들었답니다. 하지만 매일 열심히 미사 드리고 기도하는 생활에서 깊은 만족감을 얻었고 저는 마치 어린이처럼 기쁘게 하루하루를 살았어요. 그림도 열심히 그려서 1988년 장애인 올림픽 때는 전시회에도 참가했고 1991년에는 곰두리 미술대전에서 입선하기도 했지요.

2천 년 만의 첫 장애인 수도자

이때까지는 수도자가 될 생각을 못 했어요. 교회법에 수도자는 건강한 사람만 될 수 있다는 조항이 있거든요. 수도자는 남을 위해 봉사해야 하므로 몸이 불편한 사람은 적당치 않기 때문이죠. 그러나 박성구 신부님은 저를 수녀로 만들겠다고 생각하셨나 봐요. 당시 천주교 수장이신 김수환 추기경님께 몇 년 동안 비장애인과 장애인

나를 수녀로 만든 '작은예수회' 박성구 신부님과 함께.

이 함께 수도 생활하는 수녀회를 창립하게 해 달라고 간곡히 제언하신 끝에 1992년 5월에 드디어 허락을 받았어요. 일단 허락이 떨어지자 일사천리로 과정을 밟아서 1992년 12월에 '작은예수수녀회'가 설립되었어요. 저 한 명과 비장애인 세 명이 함께 주교님 앞에서 1기 수련식을 거행했지요.

저는 가톨릭 2천 년 역사에서 최초의 장애인 수도자가 되었어요. 혼자만의 삶에서 벗어나 사람들과 어울려 살게 된 것만도 큰 기쁨이자 복인데, 남을 돕는 일에 제 생명을 온전히 헌신하며 사는 수도자가 된 거죠. 믿어지지 않을 정도로 기뻤지만 속으로는 덜컥 겁이 났어요. 기본적으로 수도자가 갖추어야 할 자질과 덕목을 쌓아 나가는 것도 어려운데 다른 장애인에게도 길을 열어 주어야 된다는 책임감까지 들었거든요.

하지만 저는 무엇이든지 미리 포기하지 않겠다고 마음먹고 최선을 다했어요. 부엌일 같은 힘든 일은 할 수 없었지만, 전화 한 통을 받아도 공손한 말투와 간결하고 정확한 의사소통으로 똑 부러지게 일을 했지요. 수도자 신학원에서 교육을 함께 받은 '전교가르멜 수녀회'의 수녀는 이런 저를 보고 다윗의 돌멩이를 떠올렸다고 해요. 다윗이 골리앗을 쓰러뜨렸던 돌멩이 말이죠. 제가 불가능해 보이는 여러 일을 하나씩 해 내는 모습이 하느님이 세상에 던지는 작은 돌멩이처럼 보여서 감동을 받았다고요.

저는 '작은예수수녀회'의 부원장을 거쳐서 1999년 원장의 소임을 받았어요. 맡은 바 일을 하면서 제 마음속에는 두 가지 원칙이 있었지요. 첫째, 마음먹고 방법을 간구하면 무엇이든 할 수 있다. 둘째, 세상 모든 사람은 서로 도와야 살 수 있으니 내가 도움을 받는 것은 당연하며, 중증 장애인이라도 누군가를 도울 방법은 반드시 있다!

우리 수녀회에서는 전국에 아홉 곳의 공동 생활 가정(장애인 그룹홈)을 운영하는데 침대형 휠체어에 누워 살고 있는 제가 이곳들을 관리한다는 것은 쉬운 일이 아니었어요. 하지만 저는 포기하지 않았고 많은 분의 도움을 받아서 전국을 누볐어요. 제주도에 갈 때는 휠체어 리프트가 설치된 15인승 승합차를 이용해 새벽 5시에 인천에서 페리를 타고 출발해서 완도를 거쳐 저녁 7시에 도착하기도 했어요.

여성장애인 위한 집을 지어요

이렇게 저는 무척 행복해졌어요. 온종일 방안에 들어앉아 어떻게 죽을지를 연구하던 '방안퉁수'가 다른 사람을 위해 헌신하는 수도자가 되었으니 얼마나 큰 변화인지……. 그런데 몇 년 전부터 또 다른 고민이 생겼어요. 나 혼자만 이런 행복을 즐기면 안 되겠다, 더 고통받고 더 어려운 사람들에게 가서 그들과 함께 살아야겠다는 생각이 들었거든요.

그래서 2005년부터 여성 중증 장애인을 위한 집 짓기 사업을 시작했어요. 중증 장애인은 돌보기가 어려워서 보통은 장애인 시설에서도 잘 받아 주지 않고, 시설에 들어가서도 경증 장애인과 섞여서 지내요. 사실 중증 장애인들에겐 적절한 편의 시설이 갖춰 있고 전반적인 면에서 보살핌을 받을 수 있는 곳이 필요하거든요.

첫 번째로 건립한 가평 '작은예수회 마을' 안의 '성가정의 집'은 40명의 여성 중증 장애인들이 살 집이에요. 정부 지원금 외에 모자란 건축비와 운영비를 마련하기 위해서 지금도 전국으로 모금을 다니는데 이미 스무 명의 장애인들이 오셔서 함께 재미있게 살고 있지요. 저는 앞으로 죽을 때까지 중증 장애인들의 집을 지으며 살고 싶어요. 짓는 과정이 너무 힘들고, 제가 이미 나이가 들어서 앞으로 몇 채나 더 지을 수 있을지는 모르겠지만요.

제 인생을 돌아보면, 한마디로 '내가 왜 이 세상에 태어났을까?',

'하필이면 내가 왜 장애를 갖게 되었을까?' 라는 질문의 답을 찾는 여정이었던 것 같아요. 책을 통해서 세상을 살아갈 기본적인 지식과 교양을 닦았고, 그림을 통해서 혼자 세상에 당당히 걸어 나오게 되었지만, 이것들이 궁극적인 해답이 되지는 못했지요. 지금은 알아요. 제가 이 세상에 왜 태어났고 왜 장애를 갖게 되었는지. 하느님은 가장 약한 자를 통해서 자신의 깊은 사랑을 드러내시기 때문이에요.

마지막으로, 저 같은 여성 중증 장애인들에게 꼭 하고 싶은 말이 있어요. 예수님 안에서 사랑하는 여러분! 가능하다면 좋아하는 사람을 피하지 말고, 사랑도 하고, 아기도 낳으며, 여성으로서 행복도 누리세요. 제 이야기는 여기까지입니다. 감사합니다.

윤석인 1950년 대전에서 태어났다. 초등학교 5학년 때 류머티즘성 관절염을 앓았다. 1982년에 가톨릭 영세를 받았다. 1999년 장애인과 비장애인이 함께 수도생활을 하는 '작은예수수녀회' 종신 서원식을 하고 원장에 취임했다. 2000년 예술의 전당에서 제1회 개인전을 열었고 2001년에는 이탈리아 로마 교황청 직속 라피나 화랑에서 제3회 개인전을 열었다. 2002년 '올해의 장애인상' 을 수상했다. 여성 중증 장애인 집 짓기 사업이 결실을 맺어 2008년 '성가정의 집' 이 문을 열었다.

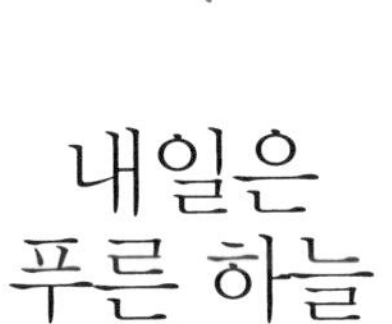

내일은 푸른 하늘

방귀희

1981년, 한 대학의 수석 졸업자가 라디오 방송에 초대 손님으로 출연했다. 그는 휠체어를 탄 장애인으로 수석 졸업의 영광을 안아 화제를 모았다. 그런데 진행자가 이런 질문을 던졌다.

"휠체어를 타고 대학을, 그것도 수석으로 졸업하다니 참 대단하네요. 그런데 지능에는 문제가 없나요?"

상식에서 벗어나는 정도를 넘어 상대방에 대한 모욕이었다. 요즘 같으면 생각도 할 수 없는 일이다. 스튜디오는 순간 찬물을 끼얹은 듯 조용해졌다. 어처구니없는 말을 들은 출연자가 벌컥 화를 내기라도 하면? 그때 출연자가 입을 열었다.

"지능이 낮은 사람이 어떻게 대학을 수석으로 졸업하겠어요? 제가 몸을 제대로 움직이지는 못하지만, 그건 지능과 아무런 상관이 없답니다."

화를 내지도 않았고, 상대를 몰아세우지도 않았다. 갓 대학을 졸업한 앳된 출연자는 신체장애와 지적 능력은 아무 관련이 없다는 점을 차분하게 설명했다. 자칫하면 방송사고가 날 수도 있었던 순간이 다행히 별일 없이 지나갔다.

방송이 나간 뒤 '그 똑똑하고 말 잘하는 여학생'에 대해 묻는 전화가 빗발쳤다. 방송의 위력을 실감한 그 여학생은 방송국에서 일할 기회를 찾다가 작가가 되었다. 라디오 출연 전까지 방송작가라는 직업이 있는지도 몰랐던 나는 그렇게 사회에 첫발을 디뎠다.

"왜 자판을 한 손으로 치세요?"

그로부터 28년이 지났다. 나는 지금도 방송국에서 일하고 있다. 특히 KBS 3라디오의 〈내일은 푸른 하늘〉은 나의 분신과도 같은 프로그램이다. 졸업 후 곧바로 이 프로그램의 작가로 일하기 시작해 올해로 28년째다. 중간에 다른 프로그램 대본도 많이 썼지만, 대표적인 장애인 프로그램인 〈내일은 푸른 하늘〉만은 놓지 않았다. 남들이 들으면 너무 욕심이 많다고 할지 모르지만 30년을 꼭 채우고 싶다.

스튜디오에서 방송을 진행하는 모습.
나는 KBS 3라디오 〈내일은 푸른 하늘〉의 작가로 30년 가까이 일해 왔다.

오른손만 사용해 컴퓨터 자판을 치고 있으면 "어? 왜 자판을 한 손으로 치세요?"라고 묻는 사람들이 적지 않다. 내가 왼손을 거의 쓰지 못한다는 것을 자주 만나는 이들도 눈치채지 못한다. 내가 굳이 숨겨서가 아니다. 어떤 사람이 그 이유를 설명해 주었다. "방귀희 씨를 보면 장애인이라는 사실을 의식 못하게 돼요. 너무 활기에 넘치니까."

한편으로 사람들은 나를 보면 전형적인 '서울깍쟁이' 같다고도 한다. 장애인이라고 얕볼까 봐 일부러 더 사람들을 사무적으로 대해서 그런지도 모른다. 사실 나는 사람 관계에서도, 일에서도 호흡이 긴 편이다. 지금 나의 손발 노릇을 해 주는 활동 보조인과는 1986년 인연을 맺었다. 20년 넘게 한 사람의 활동 보조인과 함께 지낸다는 건 결코 쉬운 일이 아니다. 내가 발행인 겸 편집인으로 있는 장애인 문학지 『솟대문학』도 2009년에 창간 18주년을 맞았다.

『솟대문학』은 국내 최초의, 그리고 유일한 장애인 문학지다. 나는 발행인을 맡아 1991년 봄 창간호부터 한 번의 결간도 없이 이 잡지를 펴냈다. '돈 안 되는' 장애인 문학지를 한 번도 빠뜨리지 않고 발간했다는 것 자체가 큰 성과이지만, 나는 좀 더 큰 꿈을 꾼다. 시인 구상 선생이 세상을 떠나기 전 쾌척한 '솟대문학 기금' 2억 원을 바

장애인 문학지 『솟대문학』에 기금을 지원해 주신 시인 구상 선생님과 함께.
이 기금을 바탕으로 장애인 문학 재단을 만들 생각이다.

탕으로 장애인 문학 재단을 만들기 위해 노력하고 있다.

재단에서 원고료를 지급해 장애인 문학가들의 생활 방편을 마련해 주는 것이 내 소망이다. 중증 장애인은 대부분 온종일 방 안에 갇혀 산다. 문학이 세상과 소통하는 유일한 길인 사람들, 나는 그런 장애인에게 한 사람의 생활인으로 일할 기회를 주는 것이 무엇보다 중요하다고 생각한다. 도움을 받는 존재가 아니라 '세금을 내는' 사람이 되어야 떳떳하다.

대졸 휠체어 장애인 1호

내게 장애는 삶의 전제 조건이었고 지금도 그렇다. 나는 한 살 때 소아마비를 앓았다. 다리는 전혀 움직일 수 없고, 왼팔도 마찬가지다. 글을 쓸 때는 오른손으로만 컴퓨터 자판을 두드린다. 밥을 떠먹을 수는 있지만, 손잡이를 돌려 문을 여는 것은 힘에 부친다.

그래서 악바리처럼 살았는지도 모르겠다. 내내 어머니 등에 업혀 학교에 다닌 나는 어머니를 생각해서 남들보다 더 열심히 공부했다. 혹시 학교에 보내 주지 않으면 어쩌나 싶은 마음도 있어서 죽어라 공부에 매달렸다. 장애인 입학을 거부하는 명문 규정이 버젓이 존재하던 시절에 대학에 진학할 수 있었던 것도 그 때문이다. 그래서 나는 내가 '우리나라에서 처음으로 대학을 졸업한 휠체어 장애인'이라는 사실이 수석 졸업 이상으로 자랑스럽다.

사회생활을 시작한 뒤엔 전문 직업인으로 열심히 일했고, 지금은 그 성과를 인정받아 대학에서 구성작가 실기론과 장애인 복지론을 강의한다. 학생들을 가르치다 보니 본격적으로 공부할 필요성을 느끼게 되어 숭실대학교 사회복지학과 대학원에 입학했다. 교수이면서 동시에 학생인 셈이다.

성공했다고 스스로 자신 있게 말할 수는 없지만 적어도 인생을 낭비하진 않았다. 나는 정말 주어진 삶에 최선을 다했으니까. 나는 우리나라에서 처음으로 휠체어를 타고 대학을 졸업했고, 학교를 마친 뒤에는 직업을 갖고 진실하게 열심히 일하며 내 힘으로 돈을 벌었다. 실제로 많은 장애인들이 나의 글을 읽거나 방송을 듣고 "당신을 거울삼아 열심히 살겠다."는 다짐을 전해 온다.

그래서 이제는 무대 뒤에서 캐릭터를 창조하는 방송작가에서 한 발 더 나아가, 조심스레 무대 위에 서려고 한다. 정치든, 학생들을 가르치는 일이든, 나 자신을 모델로 보여 주려고 한다. 되도록 많은 사람들에게 내 이야기를 들려주고 그들이 장애에 대해, 삶의 고마움에 대해 다시 생각해 보도록 자극제가 되고 싶다. 하고 싶은 말이 참 많다.

"건강한 몸으로 태어난 것만으로도 얼마나 큰 행복인지 아시나요? 중증 장애인인 나도 이렇게 노력하는데 당신은 왜 벌써 포기하나요?"

"장애인 성공담이 장애인인 당신에게는 더 부담스러운가요? 그런 이야기는 개인의 노력으로 모든 악조건을 극복할 수 있다는 환상을 심어 주는 것일까요?"

"장애인에 대한 사회의 편견을 깨기 위해 우리는 무엇을 해야 할까요?"

방귀희 1957년 서울에서 태어났다. 한 살 때 소아마비를 앓고 두 다리와 왼쪽 팔을 쓸 수 없게 되었다. 동국대학교 불교철학과와 대학원을 졸업했다. KBS 3라디오 〈내일은 푸른 하늘〉의 작가로 30년 가까이 일하고 있다. 방송작가 겸 진행자로 활동하면서 우송대학 겸임교수로 학생들을 가르친다. 장애인 문학지 『솟대문학』 대표이다.

한 걸음씩 앞으로 나아가기

허영진

늦겨울 바람은 매서웠다. 수천 명의 마라토너와 함께 출발 신호를 기다리며 나는 가슴을 쭉 펴고 겨울바람을 정면으로 받았다. 출발선에 선 순간에도 마음에 남아 있는 두려움을 몰아내기 위해 차가운 바람을 깊이 들이마셨다. 과연 내가 해낼 수 있을까? 한 번도 마라톤을 해 본 경험이 없는 내가 완주한다는 목표를 이룰 수 있을까? 그것도 목발을 짚고?

1999년 2월, 나는 동아 마라톤에 참가했다. 말리던 주위 사람들의 말 그대로 '무모한 짓'이 틀림없었다. 나는 목발에 의지해 걷는 지체장애인인데, 마라톤은 비장애인에게도 극한의 인내를 요구하는 종목이 아닌가. 마라톤에 참가하겠다는 결심을 한 뒤 3개월 정도

러닝머신 위에서 하루 4시간씩 걸었던 게 준비라면 준비였을 뿐, 페이스 조절과 같은 기본적인 상식도 없는 상태였다. 내 머릿속에는 42.195킬로미터를 완주한다는 단순한 목표밖에 없었다.

9시간 53분이 걸린 통과의례

지금 돌아봐도 그때가 나에겐 가장 어려운 시기였다. 그만큼 절박했기 때문에 무모한 짓을 해서라도 나는 스스로를 시험하고, 극복해야만 했다. 그래야 제대로 다시 살 수 있을 것 같았다.

통과의례! 고통스러운 의식을 통해 과거와 단절된 새로운 삶을 시작하고, 고통을 극복하는 과정에서 자신에 대한 믿음을 확인하는, 바로 그 통과의례로 나는 마라톤을 선택했다. 한의대를 졸업한 뒤 판사가 되겠다고 사법고시 준비에 뛰어든 지 4년. 아무 성과도 없이 내 앞에는 30대가 성큼 다가와 있었다.

내가 서른이 된 그해에 아버지는 환갑을 맞으셨다. 한의대 졸업, 법대 편입으로 가방끈만 길어진 실업자 아들은 부모님 얼굴을 뵐 낯이 없었다. 그 부모님이 어떤 부모님인가. 생후 9개월째 경기를 앓고 목도 제대로 못 가누던 아이를 다시 일으켜 세운 분들이다.

부모님은 "괜찮다. 네가 하고 싶다면 끝까지 고시에 도전해라."라고 말씀해 주셨지만, 나는 이미 자신감을 잃은 상태였다. 그렇다고 아무 일 없었다는 듯 멀쩡한 얼굴로 한의사 가운을 슬며시 입을 수는 없는 노릇이었다. 다시 그 길로 가야 한다면 뭔가를 증명하고, 돌아가는 이유를 나 자신에게 설명해야 했다.

출발 신호가 울렸다. 나는 목발을 짚은 채 마라톤 코스를 걷고 또 걸었다. 한 걸음씩 걷다 보면 언젠가는 결승점이 보인다는 생각뿐이었다. 다른 생각은 할 여유가 없었다. 누군가 격려의 인사로 등을 툭 치면 온몸이 휘청거렸다. 다리를 쉬려고 앉기라도 하면 다신 일어설 수 없을 것 같아 한 번도 앉지 않았다. 그저 걷고, 걷고, 또 걸었다.

이미 짧은 겨울 해는 기울었고 바람은 더욱 차가워졌다. 내가 계속 걷는 게 맞는지, 혹시 꿈을 꾸는 건 아닌지, 모든 게 흐려져 현실과 환상이 뒤엉히기 시작했을 때 갑자기 "와!" 하는 함성 소리가 터져 나왔다. 철수 준비를 하던 현장 요원들, 경찰관들이 비척거리며 걸어오는 나를 발견한 것이다. 그들의 박수를 받으며 나는 마지막 힘을 다해 결승점을 통과했다. 기록은 9시간 53분이었다.

마라톤 완주와 함께 나는 판사의 꿈을 접었다. 이듬해인 2000년에 한의원 문을 열었고, 그때부터 장애 어린이 치료에 모든 힘을 쏟

푸르메한방재활센터에서 어린이를 진료하는 모습.

았다.

내가 한의대에 간 것도, 졸업 후 곧바로 법대에 편입해 고시 준비를 한 것도, 결국 고시에 실패하고 한의원을 개업한 것도 모두 운명이 아니었나 싶은 생각이 지금은 든다. 중간에 둘러 온 과정이 있었기에 한의사로 돌아왔을 때는 그것을 돌이킬 수 없는 나의 길로 받아들일 수 있었다.

나만큼만 되도록 치료하자

선택을 했다면 남은 것은 최선을 다하는 것뿐이다. 처음 한의대에 갈 때부터 그것이 나의 길이었다는 사실을 그때서야 깨달을 수 있었다. 너무 당연하고 자연스러워서 오히려 필연성을 자각하지 못했던 것이다.

목도 가누지 못했던 내가 앉고 일어서고 걷게 된 것, 공부를 해서 남들처럼 대학을 다닐 수 있었던 것은 모두 한방 치료 덕분이라는 얘기를 나는 수없이 듣고 자랐다. 나를 업고 병원을 전전하시던 어머니는 어느 날 한의원을 찾았고 그곳에서 내가 조금씩 차도를 보이자 하루도 거르지 않고 한방 치료를 받게 하셨다.

서너 살 때까지도 앉혀 놓으면 푹 쓰러진다고 '낙지'라는 놀림을 받았던 내가 일곱 살 무렵엔 집 마루를 걸어 다닐 수 있을 정도로 좋아졌다고 한다. 그런 만큼 내가 한의대를 지원한 것, 한의사가 되어 장애 어린이의 치료 쪽으로 방향을 정한 것은 어쩌면 당연한 일이었다.

한의사로서 나의 목표는 아주 구체적이다. '어릴 때의 나와 같은 상황에 있는 장애 어린이를 지금의 나만큼만 되도록 치료하자.'는 것이다. 장애 어린이가 조기에 적절한 한방 치료를 받는다면 큰 차도를 보인다고 나는 믿는다. 만약 내가 어릴 때 적절한 치료를 받지 못했더라면, 부모님이 나를 포기하셨다면 나는 아마 자리에서 일어나 앉지도 못했을 것이다. 그런 내가 지금은 걷는 것만 조금 불편할 뿐 아무 지장 없이 공부하고 일하고 가정을 꾸리며 살고 있지 않은가.

그러나 막상 장애 어린이를 치료할 때면 자꾸 마음이 급해지는 게 문제다. 어릴수록 치료 효과가 높기 때문이다. 아이만 나을 수 있다면 부모 입장에서는 없는 집이라도 팔고 싶겠지만, 치료비 부담 탓에 시기를 놓치거나 중간에 포기하는 경우도 적지 않다. 돈이 없어 치료 시기를 놓치는 어린이가 안타까워 한의원에 오는 아이들 중에서 형편이 어려운 아이를 따로 돌봐주기도 했지만 혼자 힘으로는

해외 진료 봉사를 나갔을 때의 모습. 지금은 한의원 진료와 푸르메한방재활센터 진료를
함께 하고 있지만 나중에는 '전문 봉사의'가 되고 싶다.

어림도 없었다.

그러다 푸르메재단과 인연이 닿아 푸르메한방재활센터를 열었다. 재단을 통해 고마운 후원자들을 만나고 형편이 어려운 장애 어린이들과도 연결이 되어, 혼자서 좌충우돌할 때보다 훨씬 실질적인 도움을 주게 되었다. 지금은 한의원 진료와 푸르메한방재활센터 진료를 병행하지만, 여건이 되면 '전문 봉사의'가 되는 게 내 꿈이다.

물론 나는 화타와 같은 명의도 아니고 장애 어린이 치료 비법을 발견한 것도 아니다. 다만 지금 걷지 못하는 아이가 걷게 될 수도 있다는 것, 말하지 못하는 아이가 말을 하게 될 수도 있다는 것을 누구보다 강하게 믿고 조금이라도 도우려고 노력할 뿐이다.

때로는 조금씩 호전되던 아이가 막다른 길에 다다른 것처럼 더 이상 차도를 보이지 않아 무척 답답한 순간도 있다. 왜 그럴까? 분명 나아지고 있었는데 여기가 한계일까? 밥 먹을 때도, 운전할 때도, 심지어는 다른 사람과 얘기를 나누고 있을 때도 나는 그 생각에서 벗어나지 못한다.

정답은 없다. 적어도 나는 아직 발견하지 못했다. 고민하고 책을 뒤지며 노력할 뿐이다. 그렇게 한 걸음씩 앞으로 나가는 것이다. 내가 서른이 되던 해, 두려운 마음으로 도전했던 마라톤에서 배운 게 그것이다. 우승이나 기록 단축의 영광은 내 것이 아니다. 남들이 뛸 때 나는 뛰지 못하고 걷는다. 하지만 꾸준히 걷는다면 결승점에 다다를 수 있다.

허영진 1969년 인천 출생으로 생후 9개월 때 소아마비를 앓아 지체장애 2급 장애인이 되었다. 상지대 한의대학과 고려대 법학과를 졸업했다. 2000년 한의원을 개원한 뒤 정립회관, 군포시 복지관, 라파엘의 집 등 장애 어린이 시설에 진료 봉사를 꾸준히 해 왔다. 2005년 보건복지부 장관 봉사 표창을 받았다. 2007년부터 푸르메한방재활센터 원장으로 진료 봉사를 하고 있다.

3

아직도 기적이라는 당신에게

바람을 가르는 나의 세 바퀴

홍석만

출발선에 섰다. 공기의 저항을 최대한 줄이기 위해 허리를 가능한 한 깊숙이 숙여 휠체어와 한 몸이 된다. 눈을 치켜뜨고 오직 트랙만을 바라본다. 있는 힘껏 숨을 들이마신 순간, '탕!' 날카로운 출발 총성이 중국 베이징 궈자타위창(패럴림픽 주 경기장)에 울려 퍼진다. 휠체어의 세 바퀴는 나의 다리가 되고 나의 팔은 날개가 되어 시속 33킬로미터가 넘는 속도로 트랙을 가르며 나아간다. 이 순간 나는 홍석만이 아닌 한 마리 야수가 되어 결승점을 향해 포효하며 질주한다.

첫눈에 반한 휠체어 육상

1975년 제주도에서 3형제 중 막내로 태어난 나는 세 살 때 갑작스런 고열에 시달렸다. 어머니는 당시 내 증상을 대수롭지 않게 생각하시고 감기약만 먹였다고 한다. 하지만 난 그 후 평생 일어서지 못했다. 척추성 소아마비로 하반신이 마비되었다.

현대 의학의 발전으로 걷는 기적이 일어나지 않는 한 내 평생 걸었던 시기는 걸음마를 떼었던 2년 정도에 불과하다. 그때는 아장아장 걷는 수준을 넘어 여기저기 뛰어다니며 사고를 쳐서 어머니께 꾸지람도 많이 들었다고 한다. 하지만 정작 나 자신은 몇 장 안 되는 사진을 통해 '나도 걸었구나!'라고 확인할 뿐, 내가 걸었던 모습은 상상이 안 된다.

어린 시절 나는 행복하지 않았다. 왜 그랬을까? 어머니 말씀으로는 나는 가지고 싶은 장난감이 있으면 꼭 갖고, 하고 싶은 것이 있으면 꼭 해야 직성이 풀릴 정도로 욕심이 많았다고 한다. 하지만 장애 때문에 집에서는 항상 좁은 방에 덩그렇게 혼자 누워 있고, 학교에서도 한 번 자리에 앉으면 어머니가 올 때까지 꼼짝없이 앉아 있어야 했다. 쉬는 시간이면 반 친구들은 공을 가지고 운동장으로 달려가는데 난 그 모습을 우두커니 바라보아야만 했다. 친구들은 나와 달랐다. 다른 모습이었다. 화가 났다. 나 혼자만 별나라에서 온 외계인 같은 느낌이었다. 내가 어떻게 행복할 수 있었겠는가.

초등학교를 졸업할 무렵, 우연히 경기도에 있는 한 장애 어린이 시설 이야기를 들었다. 당시 제주도에는 장애인 시설이나 특수학교가 없었다. 난 부모님께 나와 비슷한 친구들이 있는 곳으로 가겠다며 고집을 부렸다. 더 이상 외톨이로 지내고 싶지 않았다.

제주도를 떠난 적이 없던 나는 겁 없이 혼자 비행기를 타고 경기도에 있는 재활원에 들어갔다. 숨통이 트였다. 장애의 모습은 조금씩 다르지만 나를 반겨 주는 친구들이 있었다. 그리고 그곳에서 내 운명을 바꾼 '휠체어 육상'과 처음 만났다.

재활원에는 전국에서 알아주는 휠체어 육상부가 있었다. 앞바퀴 한 개와 뒷바퀴 두 개가 달린 날렵한 경기용 휠체어를 탄 선수들은 재활원 아이들에게는 영웅이었다. 행여 고가의 경기용 휠체어에 손이라도 스쳤다가는 선생님들의 불호령이 떨어지기 때문에 나와 친구들은 멋지게 질주하는 그들의 모습을 그저 부러운 시선으로 바라볼 뿐이었다. 그것이 휠체어 육상과의 첫 만남이었다.

체구가 작고 몸이 약해 휠체어 육상부에 들어갈 수 없었던 나는 짝사랑하는 것으로 만족해야 했다. 그 대신 탁구를 배웠다. 초등학

2008년 베이징 장애인올림픽 400미터 경기에서 세계신기록을 세우며
결승점을 가장 먼저 통과했다.

교 체육 시간에 항상 열외였던 나는 텅 빈 교실에서 혼자 시간을 보내며 '내가 할 수 있는 운동은 없다.'고 생각했다. 그러던 내가 재활원에서 탁구를 치며 생전 처음으로 땀의 소중함을 느꼈고 그것은 새로운 삶의 활력소가 되었다.

사무자동화과에서 컴퓨터를 배우던 대학교 2학년 때, 놀러 가는 가벼운 마음으로 누구나 참여할 수 있는 대구 휠체어 마라톤에 출전했다. 경기용 휠체어가 없어 일반 휠체어를 타고 경기를 했다. 그런데 뜻하지 않게 1등을 차지했다. 난생처음 출전한 휠체어 경기에서 우승한 것이 뿌듯하기도 했지만 사실은 상품으로 받은 냉장고를 평소 가지고 싶었던 미니 오디오로 교환할 수 있어서 더욱 기뻤을 정도였으니 그 당시에는 내가 휠체어 육상 선수가 되리라고는 상상하지 못했다.

직장도 그만두고 혼자 훈련

학교를 졸업한 뒤 아는 분의 소개로 컴퓨터 학원 강사가 되어 사회에 첫발을 내딛었다. 학원 강사의 일상은 평온했다. 하지만 시간이 흐를수록 내 마음속에서 뭔가 일렁이기 시작했다. 그것은 바로 대구 휠체어 마라톤에서 맛보았던 '휠체어 육상'에 대한 욕구였다.

학원 강의가 끝난 늦은 밤이면 제주 종합운동장으로 나가 휠체어를 타고 무작정 달렸다. 제주도의 시원한 밤바람을 맞으며 달리는 그 순간만큼은 나의 장애를 잊을 수 있었다. 장애인 홍석만이 아닌 휠체어 스프린터 홍석만이 되는 것이다.

그때 나는 대한민국 휠체어 육상 선수가 되어서 패럴림픽에 출전하겠다는 목표를 세웠다. 우선 선배가 사용하던 경기용 휠체어를 100만 원에 샀다. 그리고 일과 훈련을 병행하기가 힘들어 학원에 사직서를 제출하고 훈련 틈틈이 파트타임 강의를 하며 용돈을 벌었다. 소속팀도, 코치도 없이 혼자 훈련을 시작했다.

어머니는 내가 어렸을 때부터 무엇을 하든지 "그래, 하고 싶으면 해야지."라며 응원해 주셨다. 하지만 아버지와는 사사건건 부딪혔다. 용접 일을 하셨던 아버지는 내가 회사원이 되어 평범하게 살기를 바라셨다. 아버지는 운동, 특히 장애인이 운동을 해서는 생활을 꾸려나갈 수 없다고 생각하셨다. 훈련을 끝내고 지친 몸으로 저녁 늦게 집으로 돌아와서는 아버지와 매일같이 전쟁을 치렀다.

"그냥 평범하게 취직해서 돈을 벌어야지 웬 운동이냐! 저놈의 휠체어를 가져다 버려야지!"

"그러세요! 아버지가 버리시면 저는 또 사면 되니까 마음대로 하세요!"

하지만 자식 이기는 부모가 있던가. 아버지는 언제부턴가 말씀이 없으셨다. 내가 운동하는 것을 허락하신 셈이다. 마음이 놓였다. 그때부터 목표를 향해 홀가분하게 나아갈 수 있었다. 그리고 곧 꿈에 그리던 태극 마크를 달았다.

1999년 첫 국가대표로 선발되어 방콕 아시안게임에 출전해 100미터, 200미터, 1천500미터, 5천 미터에서 동메달을 땄다. 국제무대 첫 출전 치고 나쁘지 않은 결과였다. 자신이 있었다. 이번에는 비록 동메달이지만 다음 해에 열리는 시드니 패럴림픽에서는 더 좋은 결과를 낼 거라고 확신했다.

국가대표 탈락이라는 시련

그러나 곧이어 청천병력과도 같은 소식이 전해졌다. 시드니 패럴림픽 국가대표에 탈락한 것이다. 패럴림픽 출전은 대표 선발대회가 따로 있는 것이 아니라 각 선수가 여러 대회에서 거둔 성적을 종합적으로 평가하여 결정된다. 눈앞이 캄캄했다. 회사를 그만둔 뒤 지난 4년 동안 내 삶의 중심에는 패럴림픽에 출전하겠다는 목표가 있었다. 갑자기 모든 것이 멈췄다.

'과연 내가 운동으로 성공할 수 있을까? 언제까지 아르바이트를 하며 운동을 해야 한단 말인가?'

운동에 회의가 들기 시작했다. 서울로 올라갔다. 취직을 하고 싶었다. 여러 곳에 이력서를 보냈지만 면접을 보자고 연락이 온 곳은 달랑 세 곳뿐이었다. 하지만 그조차 면접 후 합격 통지서를 보낸 곳은 한 군데도 없었다. 전문대학을 졸업하고 각종 컴퓨터 자격증이 있었지만 장애인인 나를 필요로 하는 곳은 하나도 없다는 생각이 들었다.

나는 왜 존재하는가? 분명 숨을 쉬고 있지만 나는 대한민국에 존재하지 않는 사람 같았다. 기자들은 종종 묻는다. 언제가 가장 힘든 시기였는지. 2000년 시드니 패럴림픽 국가대표에 탈락한 그때가 가장 힘들었다. 그 후 2년 동안 운동을 중단했다. 아니, 할 수가 없었다.

2001년 서귀포시 장애인 복지관에 취직해 장애인 정보화 교육을 담당하였다. 일에 전념하며 운동을 생각하지 않으려고 노력했다. 그러던 2002년 어느 날 장애인 체육회로부터 부산 아시안게임에 출전하지 않겠냐는 제의가 왔다. 꺼진 줄만 알았던 운동에 대한 욕망이 가슴 한편에서 다시 훨훨 타오르기 시작했다.

'세상의 주인공'이 되다

예전과 같은 시행착오는 겪을 수 없었다. 2000년 시드니 대회에서 단거리 트랙의 금메달을 싹쓸이하며 아시아 선수는 안 된다는 편견을 깬 태국 선수들을 모델로 나는 훈련에 들어갔다. 2년 동안 운동을 쉬었던 만큼 몇 배로 훈련이 힘들었다. 바퀴를 굴리는 엄지와 검지에 생긴 굳은살 때문에 뼛속까지 통증을 느꼈으며 손가락 뼈마디는 뒤틀렸다. 하지만 마지막 기회라고 생각하고 늦은 밤까지 훈련을 멈추지 않았다. 2002년 부산 아시안게임 400미터 릴레이에서 은메달, 2003년과 2004년 전국체전 100미터, 400미터에서 금메달을 따내어 난 드디어 그렇게 열망하던 2004년 아테네 패럴림픽에 국가대표로 출전하였다.

출발선에 섰을 때 금메달은 그 누구의 것도 아니다. 공식 기록이 좋은 선수는 단지 금메달을 딸 가능성이 조금 더 높을 뿐이지 금메달이 그의 것이라고는 할 수 없다. 나는 무명의 선수였다. 선수 명단에 공식 기록조차 누락되어 있을 정도였다. 주위 사람들마저 내가 메달을 딸 것이라고 기대하지 않았다. 그러나 전 세계인이 지켜보는 가운데 나는 사용한 지 5년이 넘은 낡은 휠체어를 타고 2004년 아테네 패럴림픽 100미터, 200미터에서 올림픽 신기록과 세계

2004년 한 라디오 프로그램에 출연한 모습.
그해 처음 출전한 올림픽에서 두 개의 금메달을 따내면서
나는 한순간에 '세상의 주인공'이 되었다.

신기록으로 금메달을 따냈다.

가슴이 터질 것만 같았다. 이제야 시원하게 숨을 토해 낼 수가 있었다. 경기 후 각종 언론사에서 인터뷰 제의가 들어왔다. 누군가 나에게 '얼짱'이라는 별명도 붙여 주었다. 또 장애인 선수에게는 이례적으로 후원 제의가 들어왔다. 어느 텔레비전 광고의 '난 이 세상의 주인공이 되고 싶다.'라는 카피가 떠오른다. 아테네 패럴림픽 이후 난 정말 이 세상의 주인공이 된 듯했다.

4년 후 2008년 베이징 패럴림픽 육상 400미터 경기에서도 내가 가장 먼저 결승선에 도착했다. 지금까지 그 어떤 선수보다도 빨랐다. 세계 신기록이었다. 9만 관중의 우레와 같은 함성이 들렸다. 오른팔을 힘차게 들어 올리며 내 존재를 전 세계에 알렸다. 장내 아나운서가 내 이름을 불렀다. "골드메달리스트 코리아 홍. 석. 만." 그래, 내가 바로 홍석만이다.

가장 빠르고 쉬운 것은 '포기'

어느 책에선가 '포기가 가장 빠르다.'라는 구절을 읽은 적이 있다. 사람들은 어려운 일에 부닥치면 "안 될 것 같아." 하고 쉽게 주저앉는다. 이 말 속에는 이미 포기의 의미가 담겨 있다. 나 또한 2000년에 운동을 포기했다. 그 당시에는 죽을 것같이 힘든 고민 끝에 내린 결정이었지만 시간이 흘러 지금 돌이켜 보니 가장 빠른 길을 선택했던 것 같다. 앞으로 내가 휠체어 육상을 포기하는 일은 없을 것이다. 장애인 스포츠가 늘 국민에게 외면받기 때문에 한 가족의 가장으로서 경제적인 부담 등 많은 어려움이 따르겠지만 가장 쉬운 길인 '포기'를 먼저 선택하지는 않을 것이다.

언제까지 현역 선수로 달릴 수 있을지 나는 모른다. 하지만 체력이 되는 한 끝까지 포기하지 않고 트랙 위를 질주할 것이다. 그것만이 내가 살아 숨 쉬는 이유이며, 사랑하는 가족과 지금까지 나에게 도움을 주신 모든 분께 조금이나마 보답하는 길이기 때문이다.

홍석만 1975년 제주도에서 태어났으며 제주 산업정보대학 사무자동화학과를 졸업했다. 대학 시절 아무 준비 없이 나갔던 대구 휠체어 마라톤에서 1등을 차지하면서 휠체어 스프린터가 되었다. 1999년 방콕 아시안게임을 시작으로 부산 아시안게임, 전국체전 등 나가는 대회마다 메달을 휩쓸었다. 2004년 아테네 장애인올림픽에서 100미터 금메달(올림픽 신기록), 200미터 금메달(세계 신기록), 400미터 은메달을 땄고, 2008년 중국 베이징 장애인올림픽에서는 400미터 금메달(세계 신기록)을 목에 걸었다.

노래 안에서 나는 자유롭다

•

김동현

"김동현 씨, 합격입니다! 그리고 생일 축하합니다."

"네? 네…… 네!"

잠시 멍하게 서 있었다. 노래를 시작한 이래로 가장 원하고 기다리던 순간이었는데 그냥 멍할 뿐이었다. 한참 뒤에야 기쁨을 느낄 수 있었다.

내 소원은 두 가지였다. 하나는 노래하며 사는 것, 그리고 다른 하나는 서른 살이 되기 전에 독립적으로 살 수 있는 직장을 갖는 것. 한쪽 팔을 들 수 없는 장애가 있는 나로서는 두 가지 모두 이루기 어려운 소원이었다. 하지만 1992년 10월 9일, 내가 꼭 서른 살이 되던 날, 이역만리 독일 땅에서, 그것도 세계 최고 수준이라는 국립 베를린 도이치 오페라단 오디션에서 두 가지 소원을 한꺼번에 이루었다.

음악과의 만남

나는 생후 10개월이 되던 1963년 여름, 창호지를 바른 미닫이문에 오른쪽 어깨를 다쳤다. 한여름이어서 문을 떼어 벽에 세워 두었는데 내가 기어가서 건드리는 바람에 문이 넘어졌다고 한다. 그날 이후로 나는 오른팔로는 작은 물건도 들 수 없게 되었다.

한창 뛰어놀아야 할 소년 시기에 팔 하나를 제대로 쓰지 못하는 나를 어머니는 늘 걱정하셨다. 천성이 순하고 소심한데다가 장애까지 가졌으니 얼마나 안쓰러우셨을까? 하지만 나에게는 장애와 소심함 외에 묘한 근성 같은 것이 있었다. 어머니는 자전거나 스케이트 같은 운동을 못 하게 말리셨는데 나는 자신이 없다가도 말리면 더욱 하고 싶어졌다. 그래서 자전거도 스케이트도 결국엔 타고야 말았다.

초등학교 시절, 나는 음악을 만났다. 모태 신앙으로 어릴 때부터 교회에 열심히 다니며 성가대 활동을 하면서 자연스럽게 음악과 친해졌다. 운동과 달리 음악은 신체 능력이 그다지 필요 없었고 어머니도 정서 순화에 도움이 된다며 적극적으로 격려하고 후원해 주셨다. 나는 학교와 교회를 오가며 열심히 합창반 활동을 했고, 고교 시절 합창반 지도교사인 김명엽 선생님(전 대광고 음악 교사, 현 울산 시립합창단 지휘자)을 만나면서 성악가의 꿈을 꾸게 되었다.

음대 성악과를 가려면 피아노를 반드시 칠 줄 알아야 했다. 초등학생도 꾸준히 연습하면 피아노를 자유롭게 연주할 수 있지만 오른팔을 들 수 없는 나에게는 너무나 어려운 일이었다.

노래하고 살게 해 주세요

무척 절망스러웠지만 다행히 손가락은 움직일 수 있어서 고등학교 3학년 때부터 피아노를 배우기 시작했다. 이번에도 역시 문제는 팔이 들리지 않는 것이었는데 나는 여러 가지로 꾀를 내었다. 처음에는 일어서서, 다음에는 등받이 의자에 팔을 올려놓고, 나중에는 다리를 꼰 약간 건방진(?) 자세로 피아노를 연습했다. 이렇게 하루 8~9시간씩 손가락이 아프고 엉덩이에 땀띠가 나도록 연습한 결과, 치열한 경쟁을 뚫고 1981년 3월 서울대학교에 입학했다.

성악가의 삶에 발판을 마련했다는 기쁨에 학교생활은 무척 즐거웠다. 그런데 벚꽃이 아름답게 흩날리던 그해 4월, 나는 기관지염으로 무척 아팠다. 숨 쉬기가 힘들 만큼 기침이 나고 목소리도 전혀 안 나와서 병원을 찾았다. 의사 선생님이 심각한 표정으로 말했다.

"지금 기관지염 자체는 심각한 상태가 아니지만, 동현 씨는 팔이 불편하기 때문에 성악을 하기에는 매우 불리한 것 같아요. 건강에도 좋지 않고요. 성악 말고 다른 학문을 전공하는 게 어때요? 진지하게 고려해 보세요."

의사 선생님의 진심 어린 말씀을 듣고 내가 선택한 길은 무엇이었을까? 다시는 그 병원을 가지 않는 것이었다. 아무리 '심각하게' 생각해 보아도 나는 여전히 노래가 좋고 꼭 음악을 하고 싶었다. 안 될 때 안 되고 후회할 때 후회하더라도, 일단은 해 보고 실패든 후회든 하자고 생각했다.

대학을 졸업한 나는 장신대 신학대학원에서 교회음악을 전공했다. 하지만 교회음악에서 필수인 지휘를 할 수 없어서 중도에 포기하고 독일 유학을 마음먹었다. 독일은 거의 모든 대학이 국립으로 당시에는 외국인에게도 학비를 받지 않아 나로서는 최선의 선택이었다.

유학을 가려면 국가 어학시험에 통과해야 했다. 을지로 입구에 있던 독일어 학원 새벽반에 등록해 문법, 독해 등을 공부했다. 학원이 끝나면 바로 남산 도서관에 가서 공부하다가 또 독일문화원에 가서 독일어 강좌를 들었다. 노래 연습도 밤낮없이 계속했다. 이때는 비행기만 보면 울먹이며 기도했다.

'노래하고 살게 해 주세요. 욕심 없이 살게요. 저는 팔이 불편해서 다른 일 하기도 힘드니까 서른 살쯤 되면 노래해서 돈도 벌게 해 주세요.'

'3중 장벽' 넘어 독일 오페라단 입단

우여곡절 끝에 독일로 유학을 떠나 쾰른 국립 음악대학 대학원을 목표로 입시 준비를 했다. 경쟁률은 무려 40 대 1이었다. 나는 외국인이자 동양인, 그리고 음악하기에 불리한 장애를 가지고 전 세계에서 몰려든 음악 수재들과 치열한 경쟁을 펼쳐야 했다. 방법은 오로지 연습밖에 없었다.

경쟁에서 이기기 위해, 내 꿈을 이루기 위해 피나는 노력을 거듭했고, 독일 생활을 시작한 지 7개월 만인 1988년 봄, 쾰른 국립 음악대학 대학원에 당당히 입학했다. 그리고 쾰른 음악대학에서 에다 모저(Edda Moser) 교수를 사사했다. 모저 교수님은 내가 음악가로 살아가는 데 필요한 귀중한 것들을 모두 전수해 주신 분이다.

몸이 불편해도 음악은 나를 자유롭게 해 준다.
대학 시절, 음악을 포기하라는 의사의 말을 따랐다면 오늘의 나는 없었을 것이다.

유학 생활은 경제적으로 궁핍했지만 동고동락하는 친구들이 있기에 행복했다. 어느 해 내 생일에 친구들이 자전거를 선물했다. 친구들의 주머니 사정을 뻔히 아는 나는 그걸 어디에서 구했느냐고 물어보았다. 친구들은 돈이 없어서 사지는 못하고 라인 강변에 팽개쳐져 있던 고물 자전거를 '주워 왔다'고 했다. 훔칠 수는 없었기에 며칠 밤낮을 교대로 지켜보면서 주인 없는 자전거임을 확인한 후 자전거 수리점에 들러 수리해서 가져왔다는 것이다. 당시 돈으로 10마르크(5천 원 상당)를 들여서 고쳐 왔다는데, 지금 생각해 보면 아무것도 아니지만 정말 눈물겨운 우정의 선물이었다.

1992년 대학원을 졸업한 후 나는 오페라 단원이 되고자 오디션을 준비했다. 독일 오페라단의 오디션은 까다롭기로 유명하다. 경쟁률이 높지만 그것은 큰 의미가 없다. 오페라단에서 필요한 특정 목소리가 나타날 때까지 무한정 기다리는 시스템이기 때문이다. 셀 수 없이 많은 오디션을 치르다가도 오페라단에 적합한 목소리가 나타나면 더 이상의 경쟁 없이 바로 그 사람을 발탁한다.

나는 혼신의 힘을 다하여 오페라단 시험을 준비했지만 함부르크와 슈투트가르트에서 한 번씩 낙방을 경험했다. 그리고 결국 베를린에서 합격했다.

"김동현 씨, 축하합니다. 합격입니다!"

내 목소리가 오페라단에 적합한 단 하나의 목소리로 선택된 것이다. 한국에서 대학을 졸업할 무렵부터 독일에 와서까지 마음속으로 수없이 되뇌었던 두 가지 기도가 거짓말처럼 한순간에 이루어졌다.

내가 활동할 당시 베를린 도이치 오페라단에는 나를 포함하여 20여 나라에서 온 1천여 명의 직원이 있었다. 국적이 다양한 사람들이 모여서 함께 일을 하기 때문에 오페라단 안에서는 외국인이라는 이유로 불평등이나 불편함을 겪는 일은 없었다. 오페라단에서 가장 중요하게 생각하는 것이 동료들과의 화합이었는데 다행히 내 곁에는 훌륭한 동료들이 있어서 큰 어려움이 없었다.

나는 팔이 불편하다는 이유로 1년에 쓸 수 있는 휴일이 7주에서 8주로 늘어났고 각종 세금 혜택에다 팔에 무리가 올 만한 일들은 거절할 수 있는 권리까지 얻는 등 장애인을 배려하는 독일 복지 제도의 혜택을 많이 입었다. 만약 내가 현재 한국에 살고 있는 외국인, 특히 동남아시아 등 제3세계 국가 출신의 외국인이라면 독일에서 받은 것과 같은 포괄적이고 제도적인 배려를 받을 수 있을까? 솔직히 상상조차 하기 어렵다. 장애인을 포함한 소수자에 대한 제도적, 사회적 배려는 OECD에 가입한다고 자동적으로 되는 게 아니다.

실패나 후회를 두려워 말자

독일 국립 오페라 단원이 되는 것은 무척 어려운 일이고 활동 자체만으로도 큰 명예이며 그만큼 경제적인 보상도 뒤따랐다. 내가 떠나온 지 10년이 되었는데 최근에야 내 자리가 메워졌을 만큼 나에게 맞는 곳이기도 했다. 하지만 나는 내 나라로 돌아왔다. 내가 열심히 노력해서 배운 것들을 조국에서 풀어내고 펼치고 싶었기 때문이다. 1998년 한국에 돌아온 나는 지금 성결대학교 예술대학에서 학생들을 지도하고 있다.

내가 여러 선생님들에게 배운 지식과 사랑을 학생들과 나누는 삶은 무척 즐겁다. 반면 의외로 어렵고 힘든 점도 있는데, 바로 음악가를 꿈꾸는 사람들의 이상과 현실이 너무 다르다는 것이다. 한국에서는 명문 음대를 졸업해도 프로 음악가로 성공하는 사람은 극소수에 불과하다. 음악가로 자리매김하여 좋은 음악회에 출연하거나 대학에서 강의할 수 있는 기회를 얻기란 매우 어려운 일이다. 그래서 학생들에게 늘 꿈과 이상을 높게 가지라고 말하고 싶지만 실제로는 자주 현실을 이야기하게 된다.

그렇다. 밥만 먹고 살 수는 없듯이 꿈만 가지고 살 수는 없다. 때로는 현실을 인정하고 그에 맞게 꿈의 허리띠를 졸라매는 것도 필

2006년 '희망으로 콘서트' 무대에 네 손가락 피아니스트 이희아 씨, 가수 박마루 씨와 함께 했다.
장애인과 함께 만들어가는 사회를 꿈꾸며 열리는 이 콘서트에 나는 자원봉사로 참여하고 있다.

요하다. 하지만 안 될 때 안 되고, 후회할 때 후회하더라도 일단은 해 보고 실패든 후회든 하겠다는 마음가짐이 중요하다. 끝끝내 안 될 수도 있지만 될 수도 있으니까.

지금의 나를 만든 것은 음악을 하고 싶다는, 노래를 부르고 싶다는 단순한 열망과 꿈이었다. 노래 안에서 나는 언제나 구름처럼 가벼웠고 바람처럼 자유로웠다. 음표의 징검다리를 건너는 것이 그렇게 즐거울 수가 없었다. 하지만 무대 위에서는 노래 속에서만큼 자유롭지 못했다. 팔을 들 수 없는 성악가, 비뚤어진 자세로 노래하는 성악가는 '네모난 세모'처럼 말이 안 된다고 스스로 생각했다. 내 팔을, 내 몸을 바라보는 청중이 의식되어 마음 놓고 소리를 내지 못할 때도 있었다.

그러나 음악을 향한 열망과 꿈은 결국 나를 자유롭게 해 주었다. 이제는 노래를 처음 만난 때처럼 온 마음으로 음들을 껴안고 리듬을 탄다. 불편한 나의 몸은 내 마음의 자유를 제한할 수 없다. 무대에서 노래할 때 여전히 내 몸은 비뚤어져 있고 팔은 들 수 없어서 말할 수 없이 불편하지만 청중과 교감하는 내 마음은 참다운 자유를 누린다. 그리고 더 나은 노래로 무대에 서고 싶다는 생각이 오늘도 나를 설레게 한다.

앞으로 내가 만날 제자들이 꿈과 열정을 기초로 미래를 향해, 노력을 기반으로 어두운 현실을 한 걸음씩 걸어가길 기대한다. 내가 걸어왔던 것처럼.

김동현 1962년 서울에서 태어났다. 서울대학교 음대, 독일 쾰른 음악대학원을 거쳐 1993년부터 6년간 독일 베를린 도이치 오페라 단원으로 활동했다. 지금은 성결대학교 음대 교수로 재직하고 있다. 2006년부터 이희아, 박마루 등 음악활동을 하는 다른 장애인들과 함께 해마다 자선 콘서트 무대에도 오른다. 선행 칭찬 운동본부가 주최하는 2007 칭찬상을 수상했다.

오직 하나의 달란트

●

이흥렬

앉은뱅이 꽃

아파도 앓아눕지 못하는
앉은뱅이 꽃

마음을 다해 태워도
신열은 향기로만 남는
뿌리 깊은 앉은뱅이 꽃

갈대밭 세상에서
숨어서 보일 듯 보이지 않는
키 작은 내 모양

10여 년 전, 나는 캐나다 토론토 주에 있는 한인 교회의 초청을 받았다. 강연 집회의 강사로 초대하고 싶다는 것이었다. 나는 기꺼이 이를 받아들여 9박 10일간 캐나다에 다녀왔다. 그때까지 국내 여행도 제대로 못 했던 나로서는 눈이 휘둥그레지는 큰 사건이었다. 비행기에 몸을 싣고 대양을 건너던 나는 태평양 상공의 구름을 바라보며 문득 옛일들을 떠올렸다.

자립 위해 제 발로 재활원에 들어가다

나는 서른두 살이 되던 1986년에 대구에 있는 한 재활원에 입소했다. 당시 우리 집은 매우 가난해서 입 하나라도 덜어 주고자 내 발로 재활원에 들어갔다. 재활원 원생들은 거의 모두 나보다 나이가 어렸다. 이들과 생활하는 것이 처음에는 너무 힘들어서 매일같이 눈물을 흘렸다.

나이는 서른을 훌쩍 넘긴 어른이었지만 방 안에서만 살아온 탓에 나는 세상사에 모르는 것이 너무 많았고 생활은 하나부터 열까지 힘겨웠다. 재활원에서 초라한 자리를 차지한 나였지만 혹시 그 자리라도 빼앗길까 봐 아등바등 살았다.

하루에도 몇 번씩 그곳을 떠나고 싶었고, 모든 것을 당장 포기하

2008년 한국장애인문화예술대상에서 문학상을 받았다.
내가 할 줄 아는 문학을 통해 다른 장애인들에게도 자신감을 심어 주고 싶다.

고 집으로 달려가고 싶은 마음이 굴뚝같았다. 하지만 언제까지 울고만 있을 수는 없었다. 그런 마음이 생길 때마다 나는 '이제 우리 집은 없다.', '여기서 포기하면 모든 것을 포기해야 한다.'고 되뇌며 조금씩 적응을 해 나갔다. 집을 나서 재활원에 입소할 때 마음에 품은 꿈, 바로 '자립' 때문이었다.

사실 내 처지에서 자립한다는 것은 허상에 불과해 보였다. 나는 온몸이 뒤틀리고 손가락 하나 마음대로 움직이기 힘든 1급 중증 장애인이다. 게다가 가진 것도 없고, 배운 것도 없다. 이런 내가 어떻게 혼자서 살아갈 수 있을까? 이런 생각을 하면 오히려 온몸의 기운이 빠지기도 했다. 그래도 자립의 꿈은 내가 힘든 재활원 생활을 견디고 극복하는 힘이 되었다.

나는 원생 네 명과 한 방에서 생활하면서 그들에게 글도 가르치고 예절도 가르쳤으며 때로는 부모 역할까지 했다. 그리고 재활원에 들어가기 전부터 혼자서 연마해 오던 글쓰기에 더욱 매진했다. 글을 좀 더 쉽게 쓰기 위해 사무실에 있는 타자기를 치게 해 달라고 졸라서 허락을 받아 냈다. 왼발 엄지와 오른발 새끼발가락으로 타자를 쳤지만 너무 힘들었다. 내 발가락이 굵어서 자판을 치면 두세 글자가 한꺼번에 찍혀 오타가 났다. 발가락뼈를 깎아내 버리고 싶은 마음이 든 것이 한두 번이 아니었다.

그러나 빛나는 순금이 되기 위해서는 이보다 더 큰 고통도 감당해야 한다는 것을 알았기에 나는 시간만 나면 타자 연습에 몰입했으며 그 결과 일주일 만에 자판을 다 외우고 글자도 어느 정도 틀리지 않고 치게 되었다.

고군분투하는 모습을 본 재활원 원장님은 내 노력을 가상하게 여겨 좀 더 능숙해지면 직업보도관에서 일을 하게 해 주겠노라고 약속하셨다. 남들에게는 큰일이 아닐 수도 있겠지만 나에게는 꿈을 꾸는 듯 믿기지 않는 즐거운 현실이었다.

발가락으로 타자 치며 시에 몰입

1989년 『경북일보』 김상현 기자가 재활원에 취재를 왔다가 글을 쓰는 내 모습을 보고 내 생활을 취재해서 신문에 보도했다. 이 기사를 계기로 각 언론에 내 사연이 소개되기 시작했다. 하지만 여전히 나는 밤마다 이불을 뒤집어쓰고 한없이 울고 한 치 앞도 내다볼 수 없는 현실 앞에서 순간순간 절망했다. 그때마다 글을 썼다. 내 몸은 비록 불편하고 답답했지만 내 마음은 글을 통해서 나비처럼 자유롭게 훨훨 날아다닐 수 있었다.

옛말에 '지성이면 감천'이란 말이 있듯이, 날마다 힘겨운 생활의 무게를 조금씩 극복해 가니 암흑같이 어두웠던 일상도 조금씩 환해지기 시작했다. 1991년 고 천상병 시인의 추천으로 시집 『앉은뱅이꽃』도 출간하고 재활원 직업보도관에 취업도 하게 되었다. 어머니는 나를 재활원에 보내 놓고 3일 밤낮을 우셨다는데 그 눈물의 대가를 뒤늦게 안겨 드리는 것 같아서 무척 기뻤다.

하지만 이것은 서막, 또 다른 시작에 불과했다. 한 계단을 오르니 더 넓은 세상이 보였다. 명성을 조금 얻고 주위를 돌아보니 내가 해야 할 일들이 참으로 많았다.

나는 장애인들이 문학을 통해서 자신을 긍정하고 자신감을 찾아 나가도록 돕고 싶었다. 자신들이 결코 가치 없는 존재가 아니며 무한한 가능성을 지니고 있음을 알려 주고 미처 찾지 못한 잠재력을 계발하도록 만들어 주고 싶었다.

내가 할 수 있는 것은 글 쓰는 일이었기에 문장을 통해서 장애인들에게 다가갈 수 있으리라고 생각하여 대구 지역의 장애인 문인들을 중심으로 장애인 문인협회를 만들었다. 서울의 『솟대문학』에서 결성한 한국장애인문인협회가 이미 있었기에 그곳의 지회 형식으로 협회를 운영하다가 2006년에 이름을 한국민들레장애인문인협회로 바꾸고 새롭게 출범했다. 이런 일들이 세상에 알려지면서 내가 캐나다까지 갈 수 있게 되었던 것 같다.

인생의 악천후도 결국 지나간다

캐나다까지 17시간이라는 긴 시간 동안 비행기를 타고 가면서 나 자신을 돌아보았다. 내가 강사로 외국 여행을 다녀올 정도로 훌륭한 인물이 된 것일까?

뇌병변 1급 장애인 판정을 받았을 때 가족들은 내가 제대로 된 인간으로 살 수 없을 거라고 했다. 가족의 그런 단정 아래 모든 권리를 박탈당한 채 보낸 어린 시절에는 아무도 내가 시인이 되고 강사가 되리라고 생각하지 못했을 것이다.

하지만 인생은 커피 한 잔을 훅 들이켜듯이 그렇게 쉽게 끝나 버리는 것이 아니다. 한해살이 식물도 꽃을 피워 절정에 이른 뒤에야 그 생을 마감하는데 하물며 인생이야 더 말해 무엇하겠는가. 우리가 인생에서 아무리 악천후를 만난다고 해도 결코 그것으로 끝은 아니다.

캐나다에서 머문 9박 10일 동안 나는 초청 강사로서 따뜻한 환영과 극진한 대우를 받았다. 교회 세 곳에서 간증 집회를 하고 많은 교민들을 만나 희망과 용기를 심어 주었다. 남은 시간에는 명소들을 찾아다니며 관광을 했다. 탁 트이고 눈부시게 아름다운 그곳의 자연 경관과 오밀조밀 자연에 잘 어울리도록 지은 목조 건물을 눈여겨보면서 나 또한 인생을 건축하는 목수로서 매 순간을 충실하게 살아야겠다고 다짐했던 기억이 아직도 생생하다.

이때의 다짐과 기억을 주춧돌로 놓고 어설프지만 우직하게 세상을 살았다. 학교라고는 문턱에도 가 보지 못한 내가 검정고시에 도전해서 49세가 되던 2002년부터 1년 반 만에 초·중·고등학교 과정을 다 마쳤다. 그리고 운명의 2005년, 52세가 된 나는 천사 같은 여인을 만나 결혼을 했다.

우리는 정말 하늘이 내려 준 인연이다. 당시 기독교 찬양 인터넷 카페에서 활동하던 아내는 회원들과 채팅을 하다가 우연히 나를 알게 되었다고 한다. 아내에게 나를 소개해 준 카페 회원이 나와 잘 아는 분이었는데 그분이 아내의 전화번호를 주셔서 연락하게 되었다. 처음에는 채팅을 하다가 곧 직접 만났다. 우리는 금방 친해졌다. 서로 말이 잘 통하고 밝은 모습에 반했던 것 같다.

아름다운 결합으로 이룬 진정한 자립

우리는 만난 지 5개월 만에 결혼식을 올렸다. 45세의 아내는 아들 하나, 딸 하나의 엄마였고 재혼이었다. 중증 장애인과 결혼한다고 처가에서 반대했을 것 같지만, 오히려 우리 집에서 반대가 대단히 컸다. 우리가 결혼하는 것 자체는 좋지만 혹시라도 나중에 아내가 나를 떠난다면 내가 상처를 받게 된다고 생각한 것이다. 그러나 이미 서로 영혼이 통한 우리는 맞잡은 손을 놓지 않았다.

결혼 후 나는 영진사이버대학 사회복지학과에 입학해서 현재 대학 공부를 하고 있다. 문인협회 일이 너무 바빠서 때로는 온종일 모니터 앞에 앉아 동영상 강의를 들어야 할 때도 있다. 공부가 쉽지만은 않지만 나는 즐기고 있다.

성경 말씀에 이런 내용이 있다. 어떤 주인이 먼 길을 떠나면서 세 명의 종을 불러 한 사람에게는 다섯 달란트를 주고 다른 사람에게는 두 달란트를 주고 마지막 사람에게는 한 달란트를 맡겼다. 나중에 돌아온 주인이 결산을 하였는데 다섯 달란트 받은 종은 열 달란트를 만들었고 두 달란트 받은 종도 네 달란트를 만들어 주인에게 주었다. 그러나 한 달란트 받은 종은 한 달란트를 땅에 묻어 뒀다가 그대로 주인에게 주며 이런저런 변명을 둘러댔다. 결국 그는 주인에게 악하고 게으른 종으로 낙인 찍혀 쫓겨나고 말았다.

나는 어느 순간엔가 주인의 깊은 마음을 깨닫게 되었다. 주인은 벌을 주기 위해서가 아니라 오히려 큰 상을 주기 위해 한 달란트만 준 것인데 종은 이 사실을 깨닫지 못했다. 그가 슬기를 발휘하여 한 달란트를 세 달란트로 만들었다면 다른 사람들보다 더 큰 축복을 누렸을 텐데 절호의 기회를 놓친 것이다. 만약 나도 내가 가진 것이 너무 적다고 지레 포기했다면 더 이상의 발전은커녕 미래 자체가 없었을 것이다.

사람들은 내게 말했다. 왜 쉬운 길을 선택하지 않고 어렵고 힘든 길을 가려 하냐고. 다 늙어서 검정고시를 해서 무엇하며, 50을 넘겨 결혼해서 어떻게 살려고 하는지 도저히 모르겠다고. 그냥 주어진 환경에서 노후 대책을 잘 준비해서 남은 인생 편안하게 사는 게 좋지 않느냐고 걱정을 했다.

하지만 나는 생각이 달랐다. 세상에는 잘 살다가도 이혼하는 부부도 많고, 돈을 충분히 가지고도 불행한 가정도 수없이 많다. 또 혼자 살 때보다 가정이 생기면 복잡한 일, 책임져야 할 일들도 수두룩할 것이다. 그렇지만 이런 어려움들을 극복하는 것이 사람이고, 나도 지금까지 끊임없는 어려움과 숱한 고통을 극복해 왔다. 나는 절

하늘이 내려 주신 인연으로 만난 아내와 2005년 결혼했다.
일상의 모든 것이 고맙고, 그래서 늘 행복하다.

대자의 사랑을 신뢰했기에 그분이 전적으로 나의 편이 되어 주실 것이라고 확신했다.

결국 결혼은 그 어떤 대단한 노후 대책보다도 가장 든든하고 아름다운 일이라고 확신하여 사람들의 크고 작은 우려에도 불구하고 나는 아내와 결혼해서 그 누구보다 행복하고 아름답게 살고 있다. 이것이 내가 꿈꾸어 오던 완전한 자립이다.

하나님은 사람을 이 땅에 보낼 때, 한평생 고통과 절망 속에 살다가 아무 의미 없이 생을 마감하게 두시는 분이 아니다. 자립하겠다고 집을 나선 지 22년, 참으로 어려운 순간, 눈물 나는 일이 많았다. 배가 고파도 라면 하나 사 먹을 돈이 없어 밤새도록 서럽게 울었던 기억과 추운 겨울, 방이 얼마나 차가웠던지 방에 있던 주전자의 물도 얼고 걸레도 얼어 암담했던 순간들……. 이 모든 경험이 아프지만 결코 버릴 수 없는 소중한 추억이 되었고 내가 행복한 삶을 꾸려 올 수 있는 귀한 자산이 되었다.

이제 나에게 남은 꿈이 하나 있다면 하나님이 선물로 주신 아들과 딸을 잘 키워서 반듯하게 사는 모습을 보고, 주위의 어려운 이웃과 그리스도의 사랑을 함께 나누며 살아가는 것이다. 삶을 돌아보며 나는 세상 사람들에게 이렇게 말하고 싶다.

"여러분! 아직도 삶이 힘들고 어렵다고 느껴집니까? 여러분을 막고 있는 벽이 너무나 견고해서 무너뜨릴 수 없을 것 같고 그래서 포기하고 싶습니까? 한 번 더 용기를 내 보세요. 바로 그 순간이 기회랍니다! 당신이 용기를 내는 순간 그 벽은 무너질 것입니다."

이홍렬 1954년에 태어났다. 뇌성마비로 중증 뇌병변 장애인이 되었다. 열아홉 살 때 한글을 처음으로 배웠고 스물일곱 살 때부터 시를 쓰기 시작했다. 1991년 8월에 시집 『앉은뱅이 꽃』을 냈고, 1997년에는 『월간 문학세계』 시 부문에 〈나의 기도〉가 당선되었다. 1998년에는 역경의 일대기를 그린 영화 〈앉은뱅이 꽃〉이 제작 · 상영되었다. 2008년 한국장애인문화예술대상 문학상을 받았다. 한국민들레 장애인문인협회 회장으로 활동하고 있다.

아직도 기적이라는 당신에게
이홍렬

편견을 치료하는 의사

●

김세현

보건소 안은 늘 시끌벅적하다. 진료 대기실에는 초등학생 꼬마부터 아이를 업고 온 아주머니, 60대 할머니까지 환자들로 빈자리가 없다. 진료실 문을 열고 들어간다. 처음 보는 사람들은 걸음걸이도, 표정도 어딘가 약간 불편해 보이는 뇌성마비 장애인인 내가 치료를 받으러 왔나 보다 하겠지만, 나는 환자가 아니다. 이 보건소의 의사다. 장애인이 비장애인의 병을 고친다고? 그렇다. 하루 100명이 넘는 환자가 나를 만나러 보건소를 찾는다. 나는 20여 년간 보건소에서 의사로 일했고, 지난 2003년에는 보건소장이 됐다. 우리나라 '장애인 1호 보건소장'이다.

나는 뇌성마비 3급 장애인이다. 그리 심하지는 않지만, 말할 때

발음이 어눌하고 표정도 약간 일그러진다. 누구라도 나를 처음 만나면 내가 비장애인 환자를 20년이 넘도록 진료하고 치료했다는 사실을 믿기 어려워한다. 장애인에 대한 편견 때문이다. 하지만 지금도 많은 환자들이 '김세현 의사 선생님'에게 진료와 처방을 받기 위해 보건소를 찾아온다.

진로를 결정해 준 형의 편지

나 또한 다른 대부분의 장애인처럼 일상의 불편함과 주위의 차별적인 시선을 감수하면서 자랐다. 하지만 고등학교 교사였던 아버지는 나를 집 안에 가둬 놓고 키우지 않았다. 친척 중에 나를 빼고는 장애인이 없었는데도 부모님은 나를 숨기려 하지 않으셨다. 초등학생 때는 짓궂은 아이들에게 놀림을 받기도 했다. 그런 때면 아무리 속상해도 나는 집 앞에 와서는 표정을 펴고 집에 들어갔다. 부모님께 어두운 표정을 보이고 싶지 않았다. 시내버스가 없어 20여 분을 걸어서 학교를 다녔는데, 그것이 내게는 더 편했다. 당시만 해도 우리나라 버스는 장애인을 전혀 배려하지 않았기 때문이다.

고등학교 때는 만원 버스에 갇혀 내려야 할 곳에 내리지 못하고 두어 정거장을 더 간 적도 여러 번 있었다. 남들 눈에는 그런 내 모습이 힘들고 어렵게 비칠지 몰라도 나는 일부러 의식하지 않으려 했다. 스스로 장애를 의식하고 행동하면 주위 사람들과 잘 어울리지 못하기 때문이다. 이런 생각을 하고 노력한 덕분에 중·고교 시절 나는 친구가 많았다.

또 몸이 불편한 덕에 운동은 잘 못했지만 책을 많이 읽었다. 중·고등학교 여름방학 때에는 학교 도서관에서 살다시피 했다. 헤밍웨이, 톨스토이, 도스토옙스키 등 이름난 작가들의 명작들을 닥치는 대로 읽었다. 그런데 도저히 읽지 못하고 도서관에 반납한 책이 한 권 있었다. 니체의 『차라투스트라는 이렇게 말하였다』였다. 너무나 어려워 한 페이지를 못 읽고 반납했다. 책을 빌릴 때 사서 선생님이 날 보고 웃으셨는데, 그걸 못 읽고 반납하니 또 웃으셨다. 책벌레의 자존심에 상처가 났다. 그때부터 나는 철학과 사상 책보다는 순수문학 책을 더 즐겨 읽었다. 젊은 시절 읽은 A.J. 크로닌의 『성채』는 내가 나중에 참다운 의사의 길을 가도록 이끌어 주었다.

내게는 여섯 살 차이 나는 형이 있는데, 형은 1960년대 말 서울대 공대에 입학한 수재이다. 형의 영향으로 부모님은 나에게 무조건 이과 쪽으로 진학하라고 했지만, 나는 국문학과에 가고 싶었다. 고민 끝에 '공부 잘하는' 형에게 의견을 구하고자 편지를 썼다. 형의

1980년 대학 졸업식장에서 어머니와 함께. 의대를 마치는 데 10년이 걸렸다.

답장은 이랬다.

"사실은 나도 국문학과에 가고 싶었다. 소설가보다는 국문학자가 되고 싶어서였다. 그런데 나보다 문장력이 훨씬 떨어지는 네가 국문학과를 가려고 하다니."

나는 진로를 바꾸었다. 남들은 내가 장애가 있어 일부러 의대에 진학했을 것이라고 생각하는데, 아니다. 내가 의대에 진학해 오늘날 의사가 된 것은 '너는 문장력이 없다'는 형의 한마디 때문이었다. 결국 전남대 의대에 입학한 나는 10년 만에 학사모를 썼고 8년 뒤에 가정의학과 전문의 자격증을 땄다.

장애인 의사는 못 믿겠다?

1980년 의대를 졸업하고 민간 병원 인턴에 지원했는데 두 번이나 탈락했다. 지원자가 미달된 병원조차 나를 거부했다. 그때 나는 속으로 이렇게 외쳤다. '당신들, 실수한 거야!'

시골에 내려가서 개업할까 하던 나는 의사가 필요하다는 소식을 듣고 광주 동구 보건소를 찾았다. 하지만 여기서도 벽에 부딪쳤다. 구청에서는 '몸이 저 모양인데 환자를 제대로 보겠느냐?'며 거절 의사를 밝혔다. 이번에는 그대로 물러서지 않았다. 나는 구청에 내기를 제안했다. 전국 242개 보건소 관리 의사를 다 불러 모은 뒤 누가 가장 진료 잘하고 치료 잘하는지, 누가 환자 마음을 제대로 어루만져 줄 수 있는지 내기를 하자고 했다. 구청에서는 결국 나를 받아들였다.

보건소는 주로 가난한 사람들이 찾기 때문에 환자 중에는 저소득층 노인들이 많다. 한번은 보건소에서 더 깊이 치료하기가 어렵다고 판단해 어느 할머니 환자에게 다른 병원을 소개해 드렸는데, 며칠 후 그 할머니가 다시 나를 찾아왔다. 소개해 준 병원에서 박대를 받았다고 했다. 간호사가 할머니에게 약봉지를 휙 던지면서 "할머니, 다음부터는 여기 좀 오지 마세요."라고 했다는 것이다. 간호사도 문제고 이런 간호사를 쓴 병원장도 잘못이 있다. 그다음부터는 나를 찾아온 환자는 다른 병원으로 보낼 수가 없었다.

애초에 나는 보건소에서 관리 의사로 1, 2년 일하고 나와 개업할 생각이었는데 결국 20년을 보건소 의사로 지내고 2003년에 광주 북구 보건소 소장이 됐다. 우리나라 '첫 장애인 보건소장'이라는 이름표가 따라 붙었다.

6년째 보건소장으로 일하면서 나는 나름대로 보건소 운영 원칙을 세웠다. 첫째, 맡은 업무는 전국에서 최고로 한다. 둘째, 결과도 중요하지만 과정이 더 중요하다. 이는 20여 년간 보건소 의사로 환자를 돌보던 원칙과 다르지 않다. 나는 나를 믿고 찾아와 준 환자들을 따뜻하게 대하려 노력한다. 돈이 없어 민간 병원을 찾지 못하는 가난한 노인들에게 의사로서 나는 항상 허리를 굽힌다. 그래서 내 환자 중에는 나이 든 노인 환자가 많다.

모든 병의 90퍼센트는 마음에서 온다. 육체적, 정신적 고생을 많이 한 사람들, 자주 헐벗고 굶주렸던 사람들, 자식을 기르는 동안 맺힌 많은 한을 풀 길 없는 사람들이 병에 걸린다. 그래서 이런 분들에게는 화를 풀어 주려 노력했다. 마음의 응어리가 풀리면 신체의 병도 사라진다.

시간이 조금 더 걸릴 뿐

나는 비장애인에게 종종 "장애인과 비장애인의 차이가 무엇인지 아느냐?"고 묻는다. 무엇일까? (독자 여러분도 한번 생각해 보시길 바란다.) 장애인과 비장애인의 차이는 '걸리는 시간'에 있다.

같은 일을 하는 데 장애인이 비장애인보다 시간이 더 걸린다는 사실 한 가지뿐이다. 비장애인이 10분이면 하는 것을 장애인은 20분 동안 한다. 장애는 '시간 차이'의 문제이지 결코 능력의 문제가 아

보건소 의사에서 소장이 되기까지 20여 년. 장애인이 아니었다면 그 기간은 더 짧았겠지만
가난하고 병든 자들의 마음은 잘 헤아리지 못했을 것이다.

니다. 의대에 입학해서 졸업하기까지 10년, 그때부터 가정의학과 전문의 자격증을 따기까지 8년, 또 보건소 의사에서 소장이 되기까지 20여 년. 내가 만약 비장애인이었다면 그 기간이 더 짧아졌을지 모른다. 그러나 중요한 것은 결국 나는 비장애인과 다름없이 '해냈다'는 사실이다.

많은 장애인이 '왜 나에게 이런 시련이 닥쳤을까?'라고 생각하는데, 거꾸로 생각하면 시련은 극복할 수 있는 사람에게만 주어지는 특권 같은 것이다. 극복하지 못할 사람에게는 시련도 없다. 시련이 크다는 것은 그만큼 그 사람의 능력이 크다는 뜻이다.

2년 후 정년퇴임하면 나는 시골을 돌면서 무료 순회 진료를 할 생각이다. 시골은 도시보다 훨씬 여건이 열악하고 '비장애인 의사'들이 잘 찾아가지 않아 의료의 손길이 미치지 못한다는 사실을 장애인 의사인 나는 잘 알고 있기 때문이다.

김세현 1951년 전남 순천에서 태어났다. 광주일고와 전남대 의과대학을 졸업했으며 1987년에 가정의학 전문의 자격을 땄다. 1982년 전남 광주 동구 보건소의 관리 의사로 부임한 이후 줄곧 보건소에서 일하다가 2003년에 광주 북구 보건소장으로 취임했다.

세상에 나를 증명하다

정유선

2006년 8월, 독일에서 열린 국제 의사소통 보조기기 학회 시상식장은 사람들로 가득찼다. 학회에서는 의사소통 보조기기 사용자들의 글을 선정해 상을 주는데, 나는 이날 상을 받고 연설을 하기로 되어 있었다. 실질적으로 나의 연설이 행사의 하이라이트라는 주최측의 귀띔이 있긴 했지만, 내 연설을 듣기 위해 그렇게 많은 사람들이 모였다는 사실이 믿기지가 않았다.

우레처럼 쏟아지는 박수갈채 속에 연단에 올랐다. 내 연설을 듣기 위해 한국에서 오신 어머니, 나를 찾는 듯 여기저기를 두리번거리는 두 아이들과 평상시처럼 침착한 표정으로 앉아 있는 남편이 보였다. 그들을 보자 마음이 편안해졌다. 의사소통 보조기기를 이용한 45분의 연설이 끝나자 모든 청중이 일제히 자리에서 일어났다. 연신 흐르는 눈물을 닦는 사람도 눈에 띄었다. 박수갈채는 5분간이나 이어졌다. 쏟아지는 박수 세례를 받으며 나는 또 한 번 눈물을 흘렸다. 감격스러운 이 순간에 사랑하는 가족과 함께 있을 수 있어서, 이 많은 사람들의 박수갈채를 그들에게 들려줄 수 있어서 감사하고 또 감사했다. 장애인 딸을 키우며 많은 눈물을 쏟으셨을 어머니. 만약 이런 감격스러운 날이 준비되어 있다는 걸 미리 알았다면 조금은 덜 우셨을까.

부모님은 나를 숨기지 않았다

1970년 서울에서 2남 1녀 중 둘째로 태어난 나는 생후 9일 만에 심한 황달로 한 달을 꼬박 병원 입원실에서 보내야 했다. 한 달 후 황달기가 사라지자 부모님은 안도의 한숨을 내쉬었다. 그러나 부모님은 물론 당시 나를 치료했던 소아과 전문의조차도 앞으로 내게 다가올 시련을 전혀 예상하지 못했다. 백일이 되어도 목을 가누지 못하고 두 돌이 지나도록 걸음을 떼지 못하자 애가 타신 부모님은 나를 안고 이 병원, 저 병원을 전전하셨다. 생후 2년 4개월째가 되어서야 밝혀진 내 병명은 신생아 황달로 인한 뇌성마비였다.

그 후 어머니는 뇌성마비에 좋다고 소문이 난 것이면 무엇이든 하셨다. 물리치료와 언어치료는 물론이고 앉은뱅이도 고친다는 도사를 만나러 깊은 산골짜기까지 찾아가기도 했고, 부적 위로 자동차가 지나가야 한다고 해서 한밤중 도로에 부적을 올려 두고는 가슴을 졸이며 지켜본 적도 있었다고 한다. 용하다는 한의사를 찾아가 내게 머리에서 발끝까지 빼곡하게 침을 맞히기도 했다. 지푸라기라도 잡고 싶었을 어머니의 안타까운 노력에도 불구하고 나는 초등학교에 입학할 때까지 여전히 잘 걷지 못했다.

그 시절 장애아를 둔 집은 아이를 꽁꽁 숨기고 밖에 내놓지 않는 게 일반적이었다. 하지만 우리 부모님은 달랐다. 집 안에만 있으면 내성적이고 소극적인 성격이 된다면서 어딜 가나 나를 데리고 다니셨고 사람들을 많이 만나게 하려고 노력하셨다. 그래서인지 난 어려서부터 무슨 일이든 직접 부딪혀 보지 않고는 못 배기는 성격이었다. 몸이 불편하니 안 해도 된다는 일도 굳이 하겠다고 나섰다. 운동회 100미터 달리기에서는 끝까지 포기하지 않고 달려 꼴등은 면했으며, 성당의 성탄절 연극에서는 비록 '지나가는 사람'이나 '인간 탁자' 같은 남들에겐 보잘것없는 배역이 주어져도 열심히 참여했다. 다른 친구들이 하는 것이라면 나도 빠지고 싶지 않았고 오

2006년 8월 독일에서 열린 국제 의사소통 보조기기 학회에서 상을 받는 모습.
내 연설이 끝나자 5분 동안 청중들의 기립박수가 이어졌다.

히려 더 잘 해내려고 노력했다.

어린 나이였지만 나는 알고 있었던 모양이다. 장애인이라 어떤 일이든 더 적극적으로 도전해야만 한다는 것을. 그래야만 '넌 할 수 없어.'라는 세상의 편견을 뛰어넘어 당당히 살아갈 수 있음을 말이다.

"얕보이지 않으려면 공부해라"

아버지는 선견지명이 있으셨다. 어린 내게 늘 공부를 열심히 해야 한다고 당부하셨다. 여느 아버지가 자식들에게 거는 기대와는 달랐다. 뇌성마비 장애인인 자식이 당당하게 세상을 살아갈 방법은 공부밖에 없다는 걸 아버지는 일찍부터 간파하고 계셨다.

"유선아, 공부를 뛰어나게 잘하면 사람들이 너를 얕잡아 보지 못한다. 그래야 세상의 편견과 선입견에 맞서 씩씩하게 살 수 있어."

아버지의 간곡한 당부 덕분일까? 나는 참 열심히 공부했고 노력한 만큼 결과도 좋았다. 공부를 잘하니까 친구들과 선생님도 나를 다르게 보기 시작했다. 말도 제대로 못 하고 걷는 것도 영 엉성한 뇌성마비 장애인이라고 해서 나를 우습게 보는 사람은 아무도 없었다. 내게 성적표는 단순히 공부를 잘한다는 의미가 아니었다. 나도 잘하는 게 한 가지 정도는 있다는 걸 세상에 보여 주는 증명서와 같았다.

그런데 공부라면 누구보다도 잘한다고 자부하던 내가 대학 입시에 실패하고 말았다. 예상치 못했던 실패에 심한 충격을 받아 힘들 때 아버지께서 유학을 권하셨다. 1989년 가을, 어떤 고난이 닥쳐올지 짐작도 못 한 채 난 홀로 미국 유학길에 올랐다. LA 시내 노스럽 대학의 언어 연수 과정을 듣는 걸로 유학 생활을 시작했다. 일반 유학생도 그렇지만 특히 나에게는 영어가 보통 문제가 아니었다. 우리말을 할 때도 긴장하거나 여러 사람 앞에 서면 얼굴 근육이 심하게 수축되어 말이 나오지 않았는데, 하물며 영어는 첫마디만 뱅뱅 맴돌 뿐 도무지 발음이 나오지 않았다.

언어 연수 과정에는 특성상 발표를 하거나 대화하는 형식의 수업이 많았다. 그때마다 내 입은 덜덜 떨리기만 하고 단 한마디의 영어도 입 밖에 내지 못했다. 별 수 없이 옆자리에 앉은 친구의 입을 빌려 발표를 해야 했다. 그런 일이 반복되자 나중에는 내 입으로 직접 발표조차 할 수 없다는 좌절감으로 심한 우울증까지 겪게 됐다. 이런저런 일로 자존심에 상처를 입은 나는 아예 입을 다물었다. 입을 꾹 다물고 지내다 보니 행동반경과 인간관계마저 좁아져 철저하게 내 안에만 갇혀 살았다. 당시 수첩에 적은 메모를 보면 '죽고 싶다, 나는 왜 장애인으로 살아야 할까? 세상이 원망스럽고 나 자신이 싫다.'는 글귀가 눈에 자주 띈다. 정말 암울하고 힘든 시절이었다.

죽을 만큼 힘들던 그때, 그나마 내 숨통을 틔워 준 것은 조지 메이슨 대학의 입학 허가서였다. 외국 학생들과 어깨를 나란히 하고 공부한다는 사실이 새로운 자극이 되었다. 영어 발표가 많지 않고, 내가 가장 자신 있는 수학적 사고방식과 비교적 연관이 많다는 이유로 컴퓨터 공학을 전공으로 선택했다. 하지만 전공 수업 초반은 그야말로 수난의 연속이었다.

컴퓨터 자판 치는 방법조차 모르는 컴맹으로 컴퓨터 공학과에 들어갔으니 당연히 성적은 기대에 훨씬 못 미쳤다. 자신에 대한 실망감에다 고등학교 때부터 컴퓨터 수업을 듣는 미국 학생들보다 늦게 출발했다는 조바심까지 더해져, 매일 새벽 두세 시까지 도서관에서 공부하고 도서관 문이 닫히면 학생회관으로 가서 소파에 앉아 공부하는 생활이 이어졌다. 그렇게 잠자고 씻고 먹는 시간까지 아껴가며 공부하기를 몇 달. 드디어 조금씩 성과가 나타나기 시작했다. 1992년 가을학기에는 전공 과목 세 개와 교양 과목 두 개 모두 A를 받는 쾌거를 이뤄 낸 것이다. 그 일을 계기로 지금도 내 생활의 신조로 삼고 있는 '간절히 원하고 노력하면 이루어진다.'는 평범한 진리를 깨달았고, 한 치 앞을 내다볼 수 없을 정도로 답답하기만 했던 유학 생활에도 어느 정도 자신감을 회복하였다.

인생의 새 목표를 준 첫 아이

두 번째 여름학기를 보낼 무렵 그동안 머물던 이모 댁을 떠나 친구와 방 두 칸짜리 아파트를 얻어 독립을 했다. 이곳에서 나의 가장 든든한 지지자인 남편을 만났다. 남편은 함께 살던 친구의 사촌 오빠로 우연히 만나 사랑을 키워 나갔다. 양가 어른들의 동의를 얻기까지 많은 어려움이 있었지만 오랜 시간 지켜보면서 우리 두 사람의 깊은 사랑과 신뢰를 확인하신 부모님은 결국 결혼을 승낙하셨다. 1995년 4월 많은 사람들의 축복 속에 우리는 결혼식을 올렸다.

결혼 생활 초기, 코넬 대학원에 진학해 컴퓨터 공학 석사 과정을 마치고 취업 준비를 할 때였다. 문득 나도 엄마가 되고 싶다는 강한 갈망이 생겼다. 그렇지만 엄마가 된다는 건 내게 기쁨과 동시에 두려움이었다. 남들은 때가 되면 결혼을 하고 아이를 낳는 것이 자연스러운 일일 테지만 나에게는 그런 모든 일이 두려움과 치열하게 싸워야만 얻을 수 있는 것들이었다. 내 장애를 아이가 어떻게 볼까,

큰아들 하빈이가 초등학교 3학년 때, 일일교사로 학교에 가서 장애에 대한 수업을 했다.
아이들은 질문을 퍼부으며 큰 관심을 보였고, 아들은 나를 매우 자랑스러워했다.

나를 부끄럽다고 생각하거나 내가 다른 엄마들과 다르다는 걸 잘 받아들이지 못하면 어쩌나 하는 걱정에 아기를 가질 자신이 없었다. 그런 내게 힘을 준 건 역시 남편이었다. 결혼할 때 그랬듯이 이번에도 그는 내가 훌륭한 엄마가 될 거라는 확신을 주었다. 그 믿음에 힘입어 결혼 후 3년 만에 첫 아이를 낳았다.

첫 아이 하빈이는 내게 엄마의 삶뿐만 아니라 인생의 새로운 목표도 갖게 해 주었다. 컴퓨터 공학을 전공해 석사 학위까지 있으니 컴퓨터 관련 업체에 취업할 계획이었지만 아이를 낳은 후에는 보다 큰 욕심이 생겼다. 보통 엄마들과 다르게 보다 특별한 삶을 살아야 한다는, 그래서 아이가 정말로 자랑스러워하는 엄마가 되어야 한다는 욕심 말이다. 그래서 그동안 막연하게만 생각했던 '장애인을 위한 삶'에 도전해 보기로 결정했다. 여기저기 정보를 찾아보던 중 마침 학사 학위를 받은 조지 메이슨 대학에 '보조공학'이라는 교육 과정이 있다는 사실을 알게 되었다. 보조공학이란 장애인들이 일상생활을 하면서 느끼는 불편함을 개선해 주는 보조기기와 그에 따른 서비스를 다루는 학문으로 내가 막연하게 생각만 해 오던 것을 구체적으로 실현할 수 있는 최선의 공부였다.

의사소통 보조기기로 희망을 말하다

1998년 조지 메이슨 대학 대학원에서 박사 과정을 시작했지만 영어로 의사소통하는 문제는 여전히 나를 괴롭혔다. 내 의지와 상관없이 학교에서는 여전히 과묵한 학생이었다. 머릿속에 써 놓은 영어 문장은 목구멍에 탁 걸려 입 밖으로 나오지 않는데 식은땀은 자꾸 흐르고 그럴수록 얼굴은 더 일그러지고……. 낯선 외국인들에게 안간힘을 쓰는 얼굴을 보여 주기 싫어 차라리 입을 굳게 다무는 걸 택했다. 특히나 사람들이 날카롭게 의견을 주고받는 토론 수업에서는 내 의견을 피력하기가 거의 불가능했다. 주어진 과제에나 최선을 다하면서 어떻게든 한 학기가 지나가기만을 기다리는 것 외에 내가 할 수 있는 일은 없었다. 그렇게 안간힘을 쓰며 견뎌 내는 게 나의 운명인 것도 같았다. 하지만 20년이 넘는 세월 동안 나를 가두었던 그 견고한 운명의 틀에서 벗어날 수 있음을 곧 깨닫게 되었다.

박사 과정에 들어간 해 10월, 미네소타 주에서 개최된 '클로징 더 갭 컨퍼런스(Closing the Gap Conference)'라는 보조공학 학회에 발을 들여놓을 때만 해도 이날 이후로 내 운명이 크게 바뀌리라고는 상상조차 하지 못했다. 보조공학 학회에 처음 참가한 나에게 그곳은 신세계였다. '아이 게이즈 시스템(Eye Gaze System, 눈동자의 움직임을 감지해서 컴퓨터 등의 기기를 작동시키는 장치)' 등 학교에서 이론으로만 배우던 각종 기기들을 내 눈으로 직접 확인하니 흥분과 놀라움을 감출 수가 없었다. 흥분 속에 이리저리 분주하던 내 발걸음이 딱 멈춰 선 곳은 바로 보완대체 의사소통 보조기기 전시장이었다. 어쩌면 여기에서 나에게 딱 맞는 의사소통 보조기기를 찾을 수도 있겠다는 희망이 나를 들뜨게 했다.

보조공학을 전공하기 전까지는 의사소통 보조기기라는 게 이 세상에 존재하는 줄도 몰랐다. 그러나 그 사실을 알게 된 이후에도 나는 선뜻 손을 뻗을 수가 없었다. 사실 의사소통 보조기기를 사용하리라 마음먹기까지는 많은 갈등을 겪어야만 했다. 의사소통 보조기기를 사용하기 시작하면 내 입으로 말할 기회가 완전히 사라질 것 같은 막연한 두려움이 앞섰기 때문이다. 실제로 많은 언어장애인들이 의사소통 보조기기를 사용하기 전에 나와 같은 갈등을 겪는다고 한다. 하지만 보조공학을 공부하고 실제로 보조기기를 사용하는 장애인들을 많이 만나면서 서서히 생각이 달라졌다.

특히 보조공학 학회에서 만난 한 남자의 모습은 강한 자극이 되었다. 그는 전신이 마비되어 침대에 누워 있어야만 하고, 혼자서는 아무것도 할 수 없을 듯한 장애인이었다. 그런 그가 각종 보조기기를 이용하여 누워서 컴퓨터를 다루고 학회에 논문까지 발표하는 것이었다. 내 입에서 나오는 말이 아니면 차라리 의사소통을 하지 않는 게 낫다고 생각하던 나로서는 보조공학의 힘을 빌어 세상과 그들 나름의 방식으로 소통하는 장애인들의 모습이 무척이나 인상적이었다. 입을 닫은 채 혼자만의 세계에 갇혀 지내느니 차라리 어떤 방법으로든 내 의견을 전달하는 편이 훨씬 현명한 게 아닐까 하는 생각이 들었다.

무엇보다도 당시 나에게는 선택의 여지가 없었다. 토론과 발표 위주로 진행되는 박사 과정에서 살아남기 위해서는 의사소통 보조기기야말로 가장 적합한 선택이었다. 일단 수업 시간에 발표할 때를 대비하여 긴 글을 저장하는 기능과 자판을 두드리면 곧바로 원하는 말의 합성음이 나오는 기능이 있어야 했다. 그날 전시장의 여러 제품을 사용해 보고 마침내 선택한 의사소통 보조기기는 세계적으로 유명한 스티븐 호킹 박사가 사용하는 워즈(Words+) 사의 이지키즈(EZKeys) 소프트웨어였다. 이렇게 해서 의사소통 보조기기와 일생일대의 만남을 하게 되자 초반의 두려움은 눈 녹듯 사라졌다. 며칠 뒤 이지키즈 소프트웨어를 이용해 리더십 세미나 수업을 성공적으로 마치며 나는 의사소통 보조기기의 진가를 확인하였다. 그리고 이로 인해 내 운명이 바뀔 수도 있겠다는 한 줄기 희망을 보았다.

내가 사용하는 의사소통 보조기기는 문장을 타이핑한 후 한 문장씩 엔터를 치면 합성음이 나온다. 물론 의사소통 보조기기를 사용해도 빠르게 진행하는 토론 수업은 따라가기 힘들지만 한마디도 말하지 못하고 다른 친구들의 입을 빌리던 과거와 비교하면 새로운 세계가 열린 것과 다름없었다.

기적은 간절함과 집중력이 주는 선물

어릴 때부터 아버지는 내게 공부를 잘해야 한다는 말씀과 함께 항상 교수가 되라고 권하셨다. "유선아, 네가 가장 잘하는 것이 공부니 나중에 꼭 교수가 되어서 독립된 인간으로 당당하게 살아가라." 하지만 그런 아버지의 바람은 말 그대로 그냥 바람일 뿐 현실성은 전혀 없어 보였다. 지체장애는 그렇다 쳐도 언어장애까지 있는 내가 무슨 수로 강단에 선다는 말인가. 하지만 뜬구름보다도 더 허황되어 보였던 아버지의 소망은 결국 이루어졌다.

'장애인의 언어소통 보조기구에 대한 사용자들의 시각'을 주제로 쓴 논문이 통과된 지 며칠 후였다. 마이크 베르만 지도교수님이 나를 연구실로 호출했다. 교수님은 나에게 깜짝 놀랄 만한 제안을 했다. 학교에 계속 남아 연구도 하고 강의도 해 보면 어떻겠느냐는 것이었다.

"저더러 강의를 하라고요? 제가 어떻게……."

일상적인 대화를 나눌 때조차 절반 이상은 종이에 적어 전달해야 하는 내 처지를 누구보다도 잘 아는 분이 그런 제안을 하다니 믿어지지가 않았다.

"유선, 넌 교수로서의 자격을 다 갖추었어. 전문 지식이 있지, 그 지식을 전달할 수 있는 의사소통 보조기기가 있지. 그리고 무엇보다 넌 항상 사람을 즐겁게 만드는 좋은 성격을 지녔어. 학생들도 널 좋아할 거야."

생각해 보겠다며 연구실을 나선 뒤 꿈이 아닐까 해서 팔을 꼬집어 보기까지 했다. 그때 내 머릿속에 떠오른 사람은 스티븐 호킹 박사였다. 많은 이들이 알다시피 스티븐 호킹 박사는 루게릭병으로 손가락 하나만을 겨우 까딱할 수 있는 상태다. 그러나 그는 내가 사용하는 바로 그 의사소통 보조기기와 손가락을 까딱하는 동작만으로 컴퓨터를 작동하는 보조기기를 사용해 세계 각국을 누비며 활발하게 강의를 하고 있다. 그를 내 역할 모델로 삼기로 했다. 두렵지만 용기를 냈다. 자신 없고 두렵다는 이유로 이 기회를 놓친다면 평생 후회하며 살지도 모르는 일이다.

첫 강의에서 열의에 찬 학생들의 눈동자를 마주하니 가슴이 벅차올랐다. 비로소 내가 강단에 섰다는 사실이 실감 나기 시작했다. 학창 시절 발표 한번 제대로 해 보는 게 소원이었던 뇌성마비 장애인 정유선이 미국까지 건너와 대학원생들 앞에서 강의를 하다니, 말도 안 되는 일이 현실이 되어 내 눈앞에 펼쳐졌다.

내가 간절하게 원하는 일이 마치 기적처럼 이루어진 이유는 무엇일까? 절실한 소망에 집중하고 거기에 알맞은 계획을 철저하게 세운다면, 실행하는 힘은 저절로 따라오게 마련이다. 간절히 원하면 이루어진다는 것은 우연한 횡재를 기다리는 것이 아니다. 그건 일종의 마인드 컨트롤이고, 자기 주문이며, 나아가 자기 확신이다. 자신의 욕구를 솔직하게 들여다보고 집중하며 꼭 이룰 수 있다고 자신을 독려하는 과정이다.

아무것도 하지 않아도 시간은 흘러가게 마련이다. 자칫 무의미하게 보내기 쉬운 하루하루를 작지만 꾸준한 실행들로 채우다 보면 언젠가는 내가 꿈꾸던 하나의 성과를 이룰 수 있다. 우리가 기적이라고 부르는 건 결코 기적이 아니다. 기적이란 무언가를 간절하게 원하고 그것을 향해 열심히 다가가는 사람에게만 주어지는 인생의 신물이다. 앞으로 나는 얼마나 더 많은 기적을 이루어 낼 수 있을까? 간절히 원하면 이루어진다는 평범한 진리만 잊지 않는다면, 앞으로도 기적이라는 보물을 계속 찾을 수 있으리라고 기대해 본다.

정유선 1970년 서울에서 태어나 생후 2년 4개월 만에 뇌성마비 판정을 받았다. 1989년에 혼자서 미국 유학길에 올랐다. 조지 메이슨 대학 컴퓨터 공학 학사, 코넬 대학원 컴퓨터 공학 석사, 조지 메이슨 교육대학원 보조공학 박사 학위를 차례로 취득했다. 2004년에는 조지 메이슨 교육대학원이 선정하는 '올해의 대학원생'에 선정되었다. 현재 조지 메이슨 교육대학원 연구교수로 재직하며 '장애인을 위한 컴퓨터 응용론'과 '인터넷의 보조공학 역할' 등을 강의하고 있다.

기적은 만들어 가는 것

차인홍

상처 없는 사람이 있을까? 예나 지금이나 우리는 경쟁 시대에 살고 있다. 그로 인해 저마다 크고 작은 상처를 안고 살아간다. 그 상처는 크기가 어떻든 꿈과 희망의 원동력이 되기도 하고 좌절의 늪으로 가는 지름길이 되기도 한다.

1958년 대전에서 태어난 나는 생후 1년 만에 소아마비를 앓고 하반신 장애를 얻었다. 그리고 아홉 살 때 가정 형편이 어려워 부모의 곁을 떠나 대전에 있는 한 재활원으로 보내졌다. 그 삶의 무게를 어찌 헤아릴 수 있을까?

휠체어도 없고 돌봐 줄 사람도 없는 서먹서먹한 환경. 새벽에 잠이 깨 창문 사이로 떠오른 둥근 달을 보고 있노라면 의지할 곳 없는 외톨이임을 절절히 느꼈다. 어린 소년은 스스로 강해져야만 했다.

첫 번째 기적, 바이올린을 만나다

길은 보이지 않는 곳에 있다고 했던가. 내가 바이올린을 처음 잡은 '사건'은 너무도 우연히 찾아왔다. 대전에서 바이올리니스트로 유명한 서울대 음대 출신의 강민자 선생님이 내가 있는 재활원 앞을 지나다 몸이 불편한 아이들이 놀고 있는 모습을 본 것이다. 이 아이들에게 바이올린을 가르쳐 줘야겠다고 마음먹은 강민자 선생님은 얼마 뒤 재활원을 방문해 개인 교습을 제안했다.

재활원에서 지내며 초등학교를 다니던 나에게 음악은 낯선 것이었다. 하지만 귓가를 스친 바이올린 소리는 가라앉아 있는 나의 마음에 불을 지폈다. 쓸쓸하게 버림받은 내 존재가 피어나는 듯한 느낌을 받았다. 첫 번째 기적이었다. 만약 '음악과의 운명적 만남'이 없었다면 나의 인생은 지금 어떤 모습일까?

함께 바이올린을 배운 재활원생들 가운데 나의 실력은 독보적이라는 평가를 받았다. 그러나 나에게 바이올린은 단지 남들보다 연주를 잘한다는 것만으로는 설명할 수 없는 '아주 특별한 어떤 것'이었다. 바이올린은 내게 삶의 의미를 알아차리게 해 주었다.

연습 과정은 눈물겨웠다. 5천 원짜리 바이올린으로 연습을 시작했다. 연습 공간이 따로 있었던 것도 아니다. 먼지 쌓인 연탄광이 나의 연습 공간이었다. 손이 얼 정도로 추운 겨울에 매일 열 시간 이상 연습에 매달렸다. 새벽 여섯 시부터 시작한 연습은 주위가 완전히 캄캄해져야 끝나곤 했다. 시간이 흐를수록 나의 값싼 바이올린은 값비싼 소리를 들려주었다. 그렇게 연습한 지 1년 후 충청남도 음악 콩쿠르에 나가 1위를 차지했다. 주위에 슬슬 나의 이름이 알려지기 시작했다.

모든 것이 내 생각대로만 이루어진다면 얼마나 좋을까? 재활원에서 졸업장 없는 중학 과정을 마치고 나는 1년간 일본의 한 사회복지 시설에 기술을 배우러 갔다. 하지만 특별한 기술은 배우지 못하고, 단순 노동에 가까운 일만 잔뜩 하다 되돌아왔다. 국내 실정은 더 말할 나위가 없었다. 장애인이 직업을 구해 자립한다는 것은 꿈도 꾸기 어려웠다. 현실에서 나의 미래는 아직도 불투명했다.

공부를 해 봐야 무슨 소용인가 하는 생각이 들어 의욕도 사라졌다. 무언가 돌파구를 찾으려고 해도 보이지 않았다. 삶을 포기하려 막다른 심정으로 기찻길을 찾았다. 지금껏 눌러 왔던 외로움과 두려움이 가슴속에서 한꺼번에 올라왔다. 두 뺨은 눈물로 번들거렸

재활원 친구들과 결성한 베데스다 현악 4중주단.
2002년 재결합해 다시 연주 활동을 펼쳤다.

다. 저 멀리서 기차가 달려왔다. 그 순간 사랑하는 어머니와 선생님의 얼굴이 차례로 스쳤다. 철로 변에서 물러섰다. 나는 그때 '바이올린에 목숨을 걸고 한 길만 제대로 달려가자.'는 소중한 결심을 하였다.

시간이 지나면서 연습의 고통 너머에 숨어 있는 즐거움을 차차 알게 되었다. 그리고 열여덟 살 되던 해 '은총의 샘'이라는 뜻의 베데스다 현악 4중주단의 일원이 되었다. 재활원 친구들로 구성된 이 악단은 강민자 선생님의 대학 후배였던 고영일 전 목원대 교수의 제안으로 만들어졌다. 제1 바이올린을 내가 맡고, 첼로 이종현 씨, 제2 바이올린은 이강현 씨, 비올라는 신종호 씨가 맡았다. 우리 넷은 따로 모여서 끊임없이 연습을 했고, 일반 연주회뿐 아니라 장애인이나 교도소 재소자들을 위한 연주회 등 다채로운 활동을 펼쳐갔다.

두 번째 기적, 아내와 함께 유학을 떠나다

청년 시절, 나에게도 사랑이 찾아왔다. 내 곁에서 늘 든든한 음악적 동지이자 버팀목이 되어 주는 아내 조성은이다. 부잣집 맏딸인 아내는 고영일 교수의 제자로 우연히 재활원에 왔다가 나를 만나게 되었다. 나는 그녀를 마음에 두고 있었지만 장애 때문에 선뜻 먼저 다가가기 어려웠는데 하늘이 맺어준 인연인지 그녀는 나를 보자마자 평생을 같이하려고 마음먹었다고 한다.

검정고시를 치러 중·고등학교를 졸업한 것도 아내 덕분이다. 나는 스물네 살까지 초등학교 졸업장이 전부였다. 하루는 아내가 검정고시를 준비하라며 책을 한 질 사들고 왔다. 대학을 다니던 아내는 나에게 다른 세계를 보게 했다.

미국 유학을 가게 된 것도 이즈음이다. 평소 나를 비롯한 베데스다 단원들을 눈여겨본 음악계와 종교계 인사들의 추천으로 아산재단의 특별 후원을 받아 유학길에 올랐다. 음악을 평생의 업으로 삼을 수 있는 기적과도 같은 일이 벌어진 것이다.

1982년 미국으로 건너간 나는 신시내티 음악대학에서 세계적 명성을 자랑하는 라살(La Salle) 4중주단을 사사하고 이후 뉴욕 시립대학교 브루클린 음악대학에서 석사 학위를 받았다. 내가 미국에 올 때 아내는 핸드백만 들고 함께 비행기를 탔다. 처가의 반대에도 불구하고 그녀는 미국에서 나와 결혼한 뒤 내 학업을 뒷바라지해 주었다.

나는 각고의 노력 끝에 석사 학위를 따낸 뒤 1988년에 한국으로 돌아와 대전시립교향악단의 악장이 되었다. 6년 동안 시향 악장과 강사로 일을 하면서 집도 장만했다. 하지만 인생지사 새옹지마라 했던가. 평생에 걸쳐 겨우 이루어 놓은 모든 것이 무너지는 것은 한 순간이었다.

시련 그리고 세 번째 기적

대전시향에 뜻밖의 일이 벌어졌다. 지휘자가 사임하면서 단원들 간에 불화가 생긴 것이다. 얽힌 실타래는 풀릴 줄 모르고 갈등의 소용돌이는 깊어만 갔다. 그러던 중 다른 곳에서 더 큰 일이 터졌다. 악기상을 하던 절친한 친구가 관세법 위반으로 구속되면서 보증을 선 나는 모든 것을 잃고 말았다.

절망은 또 다른 희망을 꿈꾸게 하는가? 나는 악장직을 뒤로하고 다시 미국행 비행기에 빈털터리의 지친 몸을 실었다.

1994년 미국 사우스캐롤라이나 주립대학 지휘 분야 박사 과정에 입학했다. 박사 과정 때의 생활은 그 이전보다 더욱 가혹했다. 아내가 바느질을 해서 생계를 이어 나갔다. 첫째 아들이 태어난 기쁨도 잠시, 극심한 마음고생에 불면의 밤을 보냈다. 떳떳한 가장으로 설 수가 없었다. 박사 과정을 겨우 끝낸 나는 한동안 기도를 하며 자신

휠체어에 앉아 오케스트라를 지휘하는 모습.
자선음악회 등을 열어 그동안 내가 받은 축복을 사회에 돌려주는 것이 앞으로 할 일이다.

을 단련했다. 힘들 때마다 처음 바이올린을 연습한 연탄광 시절을 떠올렸다.

다시 미국에 건너간 지 2년 반 만인 1996년 박사 학위를 받았다. 1년쯤 뒤에 오하이오 주 라이트 주립대학에서 바이올린 교수를 모집한다는 공고를 봤다. 지휘와 현악 4중주 경험이 있어야 했다. 그동안 쌓아 올린 연주 경험과 대학에서 '지휘'로 박사 학위를 받은 것은 우연이 아니었다. 준비한 자에게 기회가 온 것이다. 서류를 내고 3박 4일 동안 오케스트라 리허설, 독주회 등 철저한 테스트를 거쳐 마침내 나는 라이트 주립대학의 조교수로 발탁되었다. 능력으로 인정받은 것이다.

교수로 발탁되고 나서 나는 오케스트라를 지휘할 기회를 얻게 되었다. 학교 학생과 지역 주민이 반반으로 이뤄진 '유니버시티 앤 커뮤니티 오케스트라'였다.

나는 어디에서든 늘 배움의 자세를 잊지 않으려 했는데, 그 덕분인지 교수 생활 3년째에는 대학 음악과 과장이 나를 최우수 교수로 추천하기도 했다.

나는 지금도 장애인을 위한 자선 음악회를 활발하게 하며 방학을 이용해 한국과 일본 등에서 많은 음악회를 열고 있다. 또 헝가리

부다페스트 실내악단을 비롯해 저명한 오케스트라와 협연 일정도 빼곡하다. 2006년에는 스웨덴의 대중가수 레나 마리아(Lena Maria)와 함께 미국 서부와 동부에서 순회 연주를 하며 음악적 보폭을 넓혔다.

기적은 우연히 찾아온 행운이 아니다

나는 스스로 축복 받은 사람이라고 여긴다. 그래서 나의 삶이 누군가에게 좋은 역할 모델이 되기를 바란다. 이를 위해 늘 현실에 안주하지 않고 나 자신을 채찍질하며 살고 있다.

그동안 내가 받아 온 은혜를 사회에 환원하는 것이 앞으로 할 일이라고 여긴다. 그 길을 가는 데 가장 중요한 것은 헛된 명성보다는 감동을 주는 아름다운 음악을 연주하는 좋은 음악가가 되는 것이라고 생각한다.

38년 동안 앓던 병자가 예수를 만나 기적을 체험한 것처럼 나도 그동안 살아오면서 기적과 같은 일을 경험했다. 하지만 그것은 철저하게 준비하고 매 순간 노력한 결과이지 결코 우연히 찾아온 행운이 아니었다. 나는 언제나 배우는 자세를 잃지 않았고, 목표가 생기면 그곳만 바라보았다.

자서전 『아름다운 남자, 아름다운 성공』의 제목처럼 나는 '성공' 이라는 목표보다는 늘 진지하게, 삶을 아름답게 만들어 가려고 노력해 왔다. 있는 곳에서 최선을 다하고 꿋꿋하게 미래를 준비해 온 나의 삶이 일상에 지쳐 희망을 잃어 가는 이 시대에 조금이라도 도움이 되면 좋겠다.

차인홍 1958년 대전에서 태어났다. 1970년 초등학교 4학년 때 재활원에서 바이올린을 배우기 시작했다. 1년 만인 1971년에 충청남도 음악 콩쿠르에 나가 1등을 차지했다. 1976년 베데스다 현악 4중주단을 창단했다. 1982년 미국 신시내티 음악대학으로 유학을 떠나 뉴욕 시립대학교 브루클린 음악대학에서 석사 학위(바이올린)를 받았다. 1994년 사우스캐롤라이나 주립대학에서 박사 학위(지휘)를 취득하고, 1998년 오하이오 주 라이트 주립대학 교수로 취임했다. 2006년 유공 재외동포상 대통령상을 받았다.

꿈까지 작을 순 없다

고정욱

아들이 대학에 입학했다. 전공은 건축학. 전공 선택에 대해 내가 일언반구도 하지 않았는데 녀석이 스스로 정한 전공이다. 대견하기도 하지만 어려운 분야에서 과연 잘 해낼까도 궁금했다.

"건축을 전공하려는 너의 꿈은 뭐냐?"

"그, 글쎄요?"

하긴 아직 대학 1학년짜리가 꿈과 비전을 확실히 갖기는 어려운 일이다. 내 경우를 돌이켜 봐도 그때는 갈 곳 몰라 방황하지 않았던가.

내가 꿈다운 꿈을 가진 건 대학 2학년 때였다. 어렴풋하게 작가가 되면 좋겠다고 생각했다. 그것도 그저 작가 자체가 꿈이었다. 작가가 무슨 일을 하는 것인지, 어떤 비전이 있는지도 잘 모르면서.

"세상을 모르면서 작가가 되겠다고?"

애초에 의대에 진학하려던 나의 꿈은 장애인에게는 입학을 허용하지 않는다는 대학 방침에 따라 깨지고 말았다. 부모님과 담임 선생님의 권유로 급선회한 전공이 바로 국어국문학. 장애가 아무 문제도 되지 않는다는 전공이었지만 실제로는 그렇지 않았다.

"너는 장애가 있어서 세상 경험이 부족할 텐데 어떻게 작가가 되려고 그래?"

같이 문학을 공부하는 친구들이 던지는 질문이었다. 과연 그런가? 장애인은 이 사회를 모르고, 인간 삶의 진지하고 원초적인 고민에서 동떨어져 있는 존재인가?

결론은 '아니다'였다. 장애야말로 또 다른 특별한 삶이고, 그 누구보다 진지하게 왜 살아야 하는지, 삶이 어떤 것이어야 하는지를 생각하게 만드는 필요충분조건이었다.

문학은 나의 적성에도 어느 정도 맞았다. 장애로 인해 어려서부터 집에 틀어박혀 책을 많이 읽은 덕을 보았다. 시간이 지나자 문학을 공부하게 된 걸 운명으로 받아들일 수 있게 되었다. 아니, 문학을

강연을 할 때마다 "꿈꾸는 자만이 이룰 수 있다."는 말을 잊지 않는다.

공부하지 않았더라면 어떻게 살았을까 상상도 할 수 없었다. 때론 정말 거부할 수 없는 운명의 길이 사람들 앞에 준비되어 있음을 느낀다. 그건 인간의 의지나 염원을 초월하는 것이기도 하다.

10여 년 동안 습작과 문학 공부를 한 끝에 나는 작가가 되었다. 1992년 『문화일보』 신춘문예에 단편소설이 당선되었다. 대학 시절의 꿈을 이룬 것이다. 동시에 박사 학위도 받았다. 세상을 상대로 뭔가 해낼 수 있는 도구를 손에 쥔 것만 같았다. 지금 생각하면 작품을 써서 조금 인정받은 게 뭐 그리 대단한가 싶지만 말이다.

작가가 되고 보니 그게 또 새롭고도 막막한 시작이었다. 좋은 작품을 끊임없이 써서 독자들의 삶에 영감을 주고, 문제의식을 던지며, 또한 즐거움을 선사해야 한다는 어려운 과제가 발등에 떨어졌다. 그건 작가가 되는 것보다 더 어려운 일이었다.

다행히 어려서부터 쌓은 독서 경험이 도움이 되었다. 처음 낸 책(역사 소설 『원균』)이 독자들의 큰 사랑을 받아 베스트셀러가 되면서 나는 비교적 운 좋은 작가의 길을 걷게 되었다. 그 뒤, 나는 부단히 작품을 발표하며 독자들의 뇌리에서 잊히지 않는 작가가 되려고 노력했다. 그러나 거기까지였다. 새로운 비전과 꿈은 일상의 관성적이고 습관적인 창작에 어느새 함몰되고 없었다.

장애인이 주인공인 이야기를 쓰자

그런 나에게 새로운 비전이 생겼다. 나만의 독특한 경험이자 숙명인 장애를 문학의 장으로 끌어들였다. 미래에는 장애인이 차별받지 않는 세상을 만들겠다는 꿈을 가지면서 나는 어린이들이 읽을 수 있게 장애를 소재로 동화를 썼다.

고맙게도 나의 시도는 독자들의 열렬한 환영을 받았다. 『아주 특별한 우리 형』, 『안내견 탄실이』, 『가방 들어 주는 아이』, 『네 손가락의 피아니스트』 등 많은 작품이 베스트셀러가 되었다.

강연 요청도 쇄도했다. 전국의 초·중·고교, 도서관, 사회단체 등에 강연을 다니느라 내가 작가인지 강연가인지 모를 정도가 되었다. 남들은 왜 실익도 없이 힘든 강연을 하느냐고 하지만 내 생각은 다르다.

백문이 불여일견. 장애인에 대해 알려면 책만으로는 모자란다. 아무리 책을 읽어도 직접 장애인이 움직이는 모습을 보는 것만 못하다. 강연장에서 나의 모습을 한 번이라도 본 어린이라면 평생 머릿속에 나의 이미지로 장애인들을 느끼고 그들에게 다가갈 것이다.

꿈은 늘 새롭게 변하고 발전하며 커지는 법. 작가가 된 뒤 수차에 걸쳐 참관한 해외 도서전에서 내 앞에 열린 새로운 지평을 발견했

독서캠프에 참가한 어린이들과 함께. 장애인이 차별받지 않는 세상을 만들기 위해
나는 장애를 소재로 삼아 동화책을 썼다.

다. 아직도 대부분 국가에서 장애인은 부끄러운 존재이고 사람 취급을 받지 못하는, 천벌을 받은 사람으로 여겨질 뿐이었다. 그들에게 장애인이 주인공으로 등장하는 책은 상상도 할 수 없는 일이었다. 장애는 우리나라만의 문제가 아니다.

이후 나의 꿈은 전 세계에 내 책을 발간해 장애인에 대한 인식을 바꾸는 것으로 변했다. 현재 10여 권의 책이 중국, 일본, 대만, 태국, 미국 등지에서 출간되었거나 번역 중이다. 그러나 그걸로 양이 찰 리 없다. 유럽과 북남미 지역을 포함해 더 많은 나라에 나의 책을 알리고 소개할 계획이다. 그러기 위해 나는 여행을 많이 하면서 그 지역 사람들의 삶을 알고 배우려 애쓰고 있다. 내 책이 세계적으로 보편성을 확보하는 게 중요하기 때문이다.

이렇게 나의 꿈은 진보하고 있다. 죽는 날까지 이 길로 매진할 것이다. 장애의 고통과 장애인들의 목소리를 담은 독자적인 작품을 쓰면서……. 꿈은 꾸는 자만이 이룰 수 있지 않은가. 나의 이런 꿈과 비전을 들은 아들이 며칠 뒤 말했다.

"아빠 저도 꿈을 정했어요. 아주 큰 꿈이에요."

"뭔데?"

"나중에 우리나라가 통일이 될 거 아니에요? 그때 제가 통일 한국의 신도시 전체를 설계할 거예요. 이념, 민족, 분단, 화합, 통일, 이런 것을 모두 다 아우르는 개념으로요."

그렇다. 누구에게나, 어떤 처지에 있거나 꿈꾸는 자유는 허락된다. 장애가 있다고 꿈까지 작을 수는 없지 않은가.

고정욱 성균관대학교 국문학과와 대학원을 졸업한 문학박사이다. 어려서 소아마비를 앓아 1급 지체장애인이다. 『문화일보』 신춘문예에 단편소설이 당선되어 작가가 되었고, 장애인을 소재로 한 동화를 많이 발표했다. 『아주 특별한 우리 형』, 『안내견 탄실이』, 『가방 들어 주는 아이』, 『네 손가락의 피아니스트』가 대표적인 작품이다.